ELLE AVAIT TROP DE MÉMOIRE

EXBRAYAT

ELLE AVAIT TROP DE MÉMOIRE

(Une enquête de « Fatty » Morgan)

PARIS
LIBRAIRIE DES CHAMPS-ÉLYSÉES

CHAPITRE PREMIER

George-Herbert Morgan — « Fatty » Morgan pour ses collègues — ne passait pas une journée sans rendre grâce à Dieu de n'avoir commencé à grossir qu'aux environs de sa trente-cinquième année, lorsqu'il était déjà inspecteur au Yard et si bien noté de ses chefs qu'il ne risquait plus d'être mis d'office à la retraite pour déficience physique. Quand ses camarades de promotion rencontraient Morgan dans la vieille maison et s'effaçaient contre le mur pour le laisser passer, ils se rappelaient avec une sorte d'incrédulité la silhouette élancée du jeune gaillard qui, près d'un quart de siècle plus tôt, sous le simple uniforme du policeman, effectuait des rondes nocturnes en leur compagnie dans les quartiers aux ombres furtives. Puis le sévère auxiliaire du C.I.D. dont la sobre élégance impressionnait ses supérieurs, son sang-froid lorsqu'il fut expédié au Service central devant le comité de sélection et enfin sa joie quand il fut jugé digne d'entrer à l'Ecole supérieure des détectives de Henton d'où, sortant dans les premiers, il put se redresser fièrement et dire à ses amis qu'il avait réalisé le rêve de sa vie, maintenant qu'il était devenu un homme de Scotland Yard.

George-Herbert s'était mis à grossir du jour où il avait découvert la France. Malheureusement pour son esthétique particulière, en même temps qu'il faisait la connaissance des paysages français, George-Herbert découvrait la cuisine de France. Du premier moment, ce fut le coup de foudre et, très vite, il se montra davantage intéressé par les spécialités culinaires des régions traversées que par les sites touristiques. Il devint un des Anglais les mieux avertis dans l'art du bien-manger, allant jusqu'à partager le mépris des Français pour ce fondement de la grandeur britannique : le thé auquel, pour des five-o'clock hérétiques, il avouait préférer un pot de beaujolais avec un morceau de fromage de gruyère. En correspondance avec nombre de chefs de cuisine qui l'avaient eu pour client, George-Herbert savourait une satisfaction profonde à cuisiner lui-même, dans son petit appartement de célibataire, des plats dont les recettes lui étaient adressées par ses amis d'outre-Manche, qu'amusait cet Anglais ne ressemblant pas aux autres.

A quarante-cinq ans, George-Herbert pesait deux cent trente livres, assez équitablement réparties sur un mètre soixante-dix de taille, sans pour cela l'empêcher de ressembler à un bouddha paisible, avançant à pas menus dans les quartiers les plus malfamés de West-End et de l'East-End, où sa silhouette vite reconnue était aimablement moquée par les voyous et les truands qui, avant les inspecteurs du Yard, avaient donné à George-Herbert ce surnom de « Fatty ». Son volume l'empêchant de courir — au sens littéral du mot — après le gibier dont il avait à s'occuper. George-Herbert, pareil à un chef de meute, lançait ses limiers en de vastes battues qui lui ramenaient, pour l'hallali, sa proie à l'endroit précis où il avait prévu qu'elle se ferait prendre. Le chef de la police tenait l'inspecteur Morgan pour une des meilleures têtes du C.I.D. et, lui faisant confiance, ne songeait jamais à s'offusquer de méthodes pas toujours très orthodoxes. Morgan affirmait que c'étaient les vins français qui lui donnaient la finesse de jugement qui faisait parfois défaut à ses collèges, davantage portés à l'action qu'à la méditation.

Par un de ces paradoxes dont la nature humaine est coutumière, Fatty Morgan s'était attaché en qualité d'adjoint le sergent détective Clarence Bredford dont l'élégance un peu tapageuse était aussi célèbre dans les services du Yard que la rondeur de son supérieur. Au grand chagrin de son chef, Clarence était bien davantage porté sur le beau sexe que sur les plaisirs de la table, et ses innombrables « fiançailles » lui avaient créé une solide réputation de don Juan. Il ne se passait guère de mois qu'une « fiancée » éplorée vînt se plaindre d'avoir été abandonnée et Fatty Morgan — qui écoutait les doléances larmoyantes de ces demoiselles — leur adressait de bonnes paroles et leur conseillait — à leur grande indignation — pour oublier leur déception sentimentale, d'acheter un livre traitant de la cuisine française, à seule fin de comprendre que leur fameux pudding à la graisse de rognon de bœuf était un plat de sauvage. Le résultat de ces entrevues était toujours le même : heurtées dans leurs convictions patriotiques, ces jeunes filles quittaient le Yard beaucoup plus fâchées contre George-Herbert que contre leur séducteur.

Les femmes ne tenaient aucune place dans la vie de George-Herbert, mais nul ne savait s'il était misogyne par tempérament ou par obligation. Faire la cour quand on possède un tour de taille dépassant un mètre trente est une épreuve hasardeuse. Par moments, cependant, il aurait souhaité avoir une compagne avec qui il eût passé des soirées douillettes, à qui il aurait raconté ses enquêtes, fait partager ses soucis. Mais, être l'épouse d'un officier du Yard exigeait une abnégation dont peu de femmes étaient suseptibles et, de plus, où trouver l'Anglaise suffisamment libérée du chauvinisme ambiant pour admettre que le café qu'on boit à Londres constitue un des péchés impardonnables de la Grande-Bretagne et que l'emploi abusif de la sauce Worcester est le plus terrifiant aveu d'incapacité de la cuisine britannique ?

Clarence Bredford n'était pas un mauvais garçon et il brûlait de fonder un foyer ; seulement, le malheur voulait qu'il ne cessât pas de rencontrer la femme de sa vie. Le sort s'acharnait contre ses projets matrimoniaux et à peine avait-il trouvé la blonde qui lui paraissait devoir être la mère idéale pour ses futurs enfants qu'il croisait une brune dont le seul passage emportait toutes ses certitudes. Alors, honnêtement, il disait adieu à la blonde pour aller jurer à la brune qu'elle était la compagne dont il rêvait depuis toujours et cela durait jusqu'au moment où une rousse ou une autre blonde traversait le chemin du trop sentimental policier. Fatty Morgan et Clarence Bredford formaient une équipe qui avait fait ses preuves.

En ce soir de début de printemps, George-Herbert était resté assez tard au bureau. Il avait vu ou entendu partir tous ses collègues et Clarence, depuis une heure déjà, était allé rejoindre sa dernière conquête qu'il devait emmener dîner au restaurant chinois de Shaftesbury Avenue. Morgan aimait bien ce silence qui l'entourait. Les paperasses sur lesquelles il avait été penché toute la journée étant enfin à jour, il se redressa, bourra sa pipe, l'alluma ; puis, avant de sortir, il alla regarder par la fenêtre la brume qui, ayant recouvert la Tamise d'un léger linceul ouaté, s'effilochait autour du pont de Westminster.

Miss Crockett — sa logeuse depuis près de quinze ans — guettait George-Herbert pour lui remettre son courrier. Tout de suite, le policier eut le cœur réchauffé car, parmi les enveloppes qu'il tenait à la main il avait, du premier coup d'œil, repéré celle qui venait de France. Sans doute un de ses amis gastronomes lui envoyait-il une recette qu'il essaierait dès le prochain dimanche, si elle ne se révélait pas trop difficile. En homme qui sait maîtriser ses impatiences, Morgan attendit d'avoir refermé la porte de son appartement, ôté son chapeau et son pardessus, de s'être installé dans son fauteuil et d'avoir allumé sa pipe pour détacher la lettre postée dans le Loiret. Elle émanait de Mme Marcelle Labassé, de *l'hôtel du Puy-de-Dôme*, à Nogent-sur-Vernisson, et qui avait si bien reçu George-Herbert lors de son passage chez elle. L'éminent cordon-bleu le rappelait au bon souvenir de Morgan, en lui conseillant de goûter les rognons de veau Vernisson, dont elle lui confiait le secret au nom de l'Entente Cordiale.

Sa lecture achevée, l'homme du Yard, savourant d'avance son futur lunch dominical, voulut répondre immédiatement à l'aimable Mme Labassé, mais il avait tellement envie d'étonner son ami Longhins qu'il remit à plus tard la rédaction de sa lettre et, enfilant son manteau à la hâte, se coiffant dans l'escalier, il se précipita vers Soho où John Longhins tenait un café à l'enseigne de *La Pomme de Pin,* dans d'Arblay Ster.

L'officier du Yard aimait Soho et sa vie grouillante mais, dans Soho, il chérissait particulièrement *La Pomme de Pin*, car son propriétaire, John Longhins, avait vécu longtemps en France et il en appréciait la cuisine ; de plus, il gardait toujours dans ses caves des vins, des alcools et des apéritifs de qualité qu'il réservait aux connaisseurs, à condition, bien entendu, qu'ils fussent aussi des amis. Tous les soirs — sauf le jeudi où il y avait une conférence du chef de la police — George-Herbert venait passer deux ou trois heures chez John Longhins où il jouait au bridge avec Stephen Moriss, le retraité des chemins de fer, Jack Larson, le benjamin de l'équipe, puisqu'il avait à peine trente ans, qui travaillait dans le bureau de Thomas Cook and Son, dans Berkeley Street, et William Healey, comptable chez un marchand de grains en gros de Euston Road. Morgan éprouvait quelque mélancolie à l'idée que ces bonnes soirées tiraient à leur fin, car Larson était fiancé et attendait sa nomination à un poste plus important pour épouser sa Margaret qui, pour l'heure, était caissière dans un cinéma du Strand, tandis que William Healey serait obligé de rester chez lui, le soir, lorsque sa femme Amelia sortirait du sana où elle était soignée depuis deux ans. Enfin, il y aurait toujours Longhins et Moriss et ce serait bien le diable si l'on ne pouvait trouver un quatrième assez respectable pour faire la partie de ces messieurs !

La première personne que Morgan vit, en entrant à *La Pomme de Pin*, fut « Cromwell », le clochard habitué de la maison. Il était sale, mais avec, cependant, une allure assez digne pour éviter de se faire injurier quand il insistait pour vider un dernier verre que le patron lui offrait. Le plus souvent, pour s'en débarrasser. Parce que clochard, Cromwell croyait de son devoir de ne pas aimer le policier, mais il avait assez de savoir-vivre pour ne pas le lui montrer trop ouvertement, se contentant de témoigner d'une indifférence totale. On l'appelait Cromwell depuis le jour où, les flics l'ayant ramassé un peu plus soûl que d'ordinaire, on l'avait passé à la tondeuse, mettant en évidence son crâne rond d'homme de la Cornouailles. Par analogie avec les fameuses « Têtes rondes » de Cromwell, un plaisantin lui avait donné le nom de Protecteur. Depuis, cela lui était resté et, sans vouloir en laisser paraître, il en était très fier, car le sobriquet lui assurait une notoriété certaine parmi tous les miséreux gravitant autour de Covent Garden. Personne ne savait exactement d'où venait Cromwell. Il appartenait à ces épaves arrachées un peu partout par la guerre et qu'à la fin des hostilités, on avait trouvées sur le pavé londonien. De temps à autre, il consentait à donner un coup de main à Mrs. Longhins pour laver les vitres ou gratter le plancher et ne se faisait payer qu'en liquides variés, mais on prenait soin d'étaler son crédit sur toute la semaine, ce qui avait pour effet de plonger Mrs. Longhins et Cromwell dans des controverses passionnées, quand ils n'étaient pas d'accord sur le nombre de verres bus et à boire.

Longhins, Larson et Healey accueillirent Morgan

avec leur cordialité habituelle. Ils n'étaient que trois et l'arrivée du policier allait leur permettre de jouer une partie normale. George-Herbert s'assit à la table de ses amis et fit équipe avec Longhins, non sans s'étonner — mais sans y attacher autrement d'importance — de l'absence de Moriss. On ne lui répondit pas, chacun semblant soudain plus attentif aux cartes que distribuait Healey. Ce dernier était un quadragénaire épais et courtaud, mais qui, au côté de Fatty Morgan, paraissait mince. D'un naturel silencieux, il lui arrivait de ne pas prononcer dix phrases dans une soirée. On mettait son mutisme au compte des soucis que lui causait la maladie de sa femme. Par contre, Larson, bavard et gai, ne tarissait pas. Il ne cessait de raconter des histoires que pour parler de sa Margaret, une fille, affirmait-il, unique au monde, et il s'étonnait sincèrement que ses amis ne l'enviassent point. Longhins était un grand gaillard solide et placide. Il ne se mettait jamais en colère, mais quand, dans son établissement, un client se tenait mal, il avait tôt fait de l'empoigner par le col de sa veste et de le jeter dehors. Il comprenait qu'on fût de mauvaise humeur, il admettait qu'on s'enivrât, mais il ne tolérait pas le scandale et, bien qu'il eût tout près de cinquante-cinq ans, sa femme Dolly le voyait comme au jour de leurs noces, trente années plus tôt. Pour elle, ses cheveux blancs lui donnaient une grande douceur de visage que ne démentait pas sa facilité de caractère. Il n'y avait que Cromwell pour le faire sortir de ses gonds. Elle aimait bien George-Herbert dont elle appréciait le sérieux et la tenue.

Morgan aurait voulu confier à Longhins sa recette des rognons de veau Vernisson, mais, et il n'aurait su dire pourquoi, il sentait que ce n'était pas le moment. Une sorte de gêne lui paraissait peser sur ses trois amis.

Tout en arrangeant ses cartes, avant de lancer sa première annonce, George-Herbert remarqua :

— Comment se fait-il que Stephen Moriss ne soit

pas là ce soir ? Il n'est pas malade, au moins ?

Sa question parut épaissir encore le silence et l'on entendit Cromwell, assis à l'autre bout du comptoir, qui se grattait. Du coup, Morgan s'énerva. Que signifiait cette comédie ? Il posa ses cartes devant lui, sur la table et, après avoir regardé calmement chacun de ses trois amis, il s'enquit :

— Qu'est-ce qui ne va pas ?

Après avoir paru quêter une approbation des deux autres, Longhins se décida.

— Eh bien ! voilà... inspecteur... On a quelque chose à vous dire... Quelque chose de bougrement embêtant, mais, enfin, il n'y a que vous à qui nous puissions nous confier... C'est au sujet de Moriss...

Devinant qu'on ne jouerait peut-être pas au bridge ce soir-là, George-Herbert sortit sa pipe, la bourra avec soin et, l'ayant allumée, en tira avec satisfaction sa première bouffée tandis que, baissant la voix, Longhins continuait :

— Je veux profiter de ce que Mrs. Longhins n'est pas là pour vous mettre au courant, parce qu'elle ne sait rien et qu'elle n'a pas besoin de savoir... On ne vous l'avait jamais dit, monsieur Morgan, mais Stephen Moriss, il a une petite amie...

George-Herbert sursauta :

— Non ?... A son âge ?

Longhins haussa les épaules.

— Pour ces histoires-là, il n'y a pas d'âge... Enfin, il s'agit d'une nommée Phyllis, qui a été femme de ménage chez les Moriss. Il va la voir le jeudi... et, comme vous n'êtes jamais là le jeudi, on pensait que ce n'était pas la peine de vous l'apprendre.

— Alors... pourquoi, maintenant ?

— Parce que Moriss n'est pas rentré chez lui depuis hier soir. C'est sa femme qui est venue nous le dire. Vous pensez si elle est affolée. Elle s'imagine qu'il a été écrasé ou quelque chose comme cela. Elle voulait téléphoner dans tous les hôpitaux, on a eu toutes les peines du monde à l'en empêcher.

— Pour quelles raisons ?

Ce fut Larson qui répondit :
— On préférerait qu'elle n'apprît pas la vérité par d'autres...
— Quelle vérité ?
— Que son mari la trompe, tiens !
— Et qu'est-ce que je viens faire dans tout ça, moi ?
— On aimerait que vous alliez parler à Mrs. Moriss... Nous sommes inquiets.
— Si vous êtes tellement inquiets, pourquoi n'y êtes-vous pas allés vous-mêmes ?
— C'est en vous qu'elle a le plus de confiance, monsieur Morgan.
Fatty était patient, mais, tout de même, sa patience avait des limites. Il se leva pesamment, car sa corpulence rendait toujours cette opération difficile. Il regarda ses amis et déclara d'une voix dont la lenteur trahissait le degré d'exaspération :
— Vous êtes inquiets, hein ? Et qu'est-ce que vous pensez donc qui a pu lui arriver, à Moriss ? Il a fait une fugue, tout simplement ! Il n'y a pas de quoi en faire un drame ! Il n'est ni le premier, ni le dernier à se conduire de cette façon.
Les autres n'avaient pas l'air tellement convaincus. Comme écrasé par l'incohérence du monde, Morgan ajouta :
— Parce qu'il a plu à ce Roméo trop mûr d'oublier l'heure dans les bras de sa Juliette, il faut que j'aille dire à Mrs. Moriss qu'elle est une épouse trompée ? Charmante commission ! Je vous remercie d'avoir pensé à moi...
Healey, qui aimait la précision, interrogea Morgan :
— Alors, vous refusez d'aller voir Mrs. Moriss, inspecteur ?
Fatty Morgan haussa les épaules.
— Monsieur Healey, si vous me donniez l'adresse, au moins ?
— Sutton Street, au 7.

CHAPITRE II

Sutton Street est située aux frontières de Soho et paraît jouir d'un calme provincial en comparaison du tumulte de Charing Cross Road dans lequel elle débouche... Mais cette quiétude n'atténua pas la mauvaise humeur de Fatty Morgan qui, au contraire, redoubla quand il se rendit compte que Mrs. Moriss habitait au troisième étage et que, bien entendu, il n'y avait pas d'ascenseur. Sur le palier du premier, il prit une large inspiration pour atténuer l'affolement de son cœur, qui avait déjà assez de mal à battre sous son épaisse couche de graisse pour ne pas être soumis à un régime aussi excentrique. Bien avant d'arriver au deuxième, Morgan se cramponnait à la rampe sur laquelle il se halait. On eût dit un gros phoque. Des gamins, que l'écho de son halètement avaient attirés, rentrèrent précipitamment chez eux à la vue de ce monsieur énorme et congestionné. S'arrêtant à chaque marche ou presque, Fatty parvint enfin devant la porte des Moriss, devant laquelle il resta un long moment immobile pour ramener le calme dans son organisme, car, sur l'instant, il eût été incapable d'articuler un mot.

La femme du volage Moriss devait se tenir aux aguets derrière sa porte, dans l'espoir d'entendre le pas de l'infidèle car, à peine George-Herbert eut-il sonné, qu'elle ouvrit. Tout de suite, elle reconnut Morgan et avant même de l'inviter à entrer, elle demanda d'une voix tremblante :

— Vous ne m'apportez pas de mauvaises nouvelles, au moins, monsieur l'inspecteur ?

Le policier était encore trop essouflé pour se perdre dans les explications. Il se contenta de secouer la tête et, de son propre chef, pénétra dans l'appartement.

Ayant plongé dans un couloir très sombre, Morgan eut l'impression de s'enfoncer dans un tunnel d'où il émergea dans la clarté d'une pièce qui devait tenir lieu de salon et de salle à manger. Les meubles en étaient affreux et solides. Sur le buffet bas, une photo où ce coquin de Stephen souriait, et ce sourire, dans les circonstances présentes, avait quelque chose d'exaspérant. Sans attendre une invitation, Fatty Morgan se laissa tomber sur une chaise et se félicita de ce qu'elle n'eût pas l'élégante fragilité des sièges modernes. Mrs. Moriss, plantée devant lui, au mépris de tous les usages, l'observait avec une angoisse qu'elle ne songeait pas à dissimuler. L'inspecteur se demandait comment il devait s'y prendre pour lui révéler que son mari la trompait et que, si elle pouvait se rassurer quant à sa santé, il lui fallait renoncer à ses illusions touchant la fidélité de son époux. Mais quelle idée avait-il eue d'aller à *La Pomme de Pin*, au lieu de rester chez lui ! Tout en cherchant ses mots, en élaborant mentalement les phrases adéquates, il contemplait les chromos ornant les murs et, sur un trépied, l'aspidistra obligatoire avec ses feuilles qui semblent découpées dans le zinc et que, par un phénomène d'aberration esthétique, les Anglais s'entêtent à trouver jolies. De l'étage au-dessus tombèrent les notes hachées d'une débutante qui s'escrimait sur un piano. Instinctivement, l'inspecteur leva les yeux vers le plafond et Mrs. Moriss dit :

— C'est la petite Ann, la fille des Parker... C'est toujours à cette heure-ci qu'elle s'y met. Elle ne fait pas de gros progrès. Stephen affirme qu'on devrait se plaindre au gérant, mais elle est si gentille, la pauvre gosse !

Brusquement, la vieille femme éclata en sanglots. Morgan avait horreur de voir pleurer ses semblables. Il se leva pour tapoter affectueusement l'épaule de son hôtesse.

— Allons, allons... Remettez-vous, madame Moriss. Il ne faut pas vous laisser abattre comme cela. Il reviendra... On revient toujours à son âge...

Elle leva vers lui un regard si pâle qu'il en éprouva une gêne fort désagréable.

— Vous... vous croyez ?

— Où voulez-vous qu'il aille ?

Une fois encore, le visage de Mrs. Moriss se modifia. Ses muscles se durcirent et ce fut d'une voix âpre qu'elle demanda :

— Vous ne permettrez pas qu'elle me le prenne, n'est-ce pas ?

Ainsi, elle était au courant ! L'ennui de Morgan céda d'un seul coup à une colère froide. Ils s'étaient bien payé sa tête, les autres !

— Vous saviez ?

Elle poussa un long soupir résigné.

— Comment ne l'aurais-je pas su ? Tout le quartier en parle et se moque de nous ! Mais comment a-t-il pu osé faire ça ? Une gamine qui pourrait presque être sa petite-fille !

— Vous la connaissiez, je crois ?

— Nous l'avons eue comme femme de ménage durant deux semaines... Une paresseuse ! Une bonne à rien, sinon à faire le mal ! Pourtant, j'ai été patiente avec elle... J'en avais pitié. Vous savez, monsieur l'inspecteur, une de ces sottes qui abandonnent la ferme paternelle pour conquérir Londres... Mais jamais je n'aurais supposé qu'elle voulait me prendre mon mari !

George-Herbert était trop énervé pour s'attendrir sur le chagrin de Mrs. Moriss. Il avait l'impression d'avoir été la victime d'une machination dont il ne comprenait pas les raisons et il détestait ne pas comprendre. Ce fut presque sèchement qu'il remarqua :

— Alors... vous ne songiez pas du tout qu'il avait pu être victime d'un accident ?

— Je sais depuis le début de leur liaison ou presque qu'il va la rejoindre tous les jeudis soir. Le pauvre niais ! J'ai dit à Mr. Longhins que je craignais un accident parce que je me doutais qu'il vous en parlerait et... je voulais vous voir.

— Pourquoi ?

Elle s'approcha de lui à le toucher. On devinait que, si elle l'avait osé, elle se serait accrochée aux revers de sa veste.

— Je vous en supplie, monsieur l'inspecteur, allez me chercher Stephen. Ce n'est pas un méchant homme... mais cette petite est si jeune, peut-être pas mauvaise au fond... Elle ne doit pas se rendre bien compte... Faites comprendre à Stephen que sa conduite est ridicule. Dites-lui aussi que je l'attends... que je ne lui reprocherai rien... que tout recommencera comme avant !

Dieu ! que Fatty Morgan pouvait être embêté ! Un inspecteur-chef du Yard pour aller prier un vieux monsieur volage de réintégrer au plus tôt le domicile conjugal ! Enfin, quelle idée se faisait-elle du C.I.D., cette brave femme ? Sans doute le prenait-elle pour un simple flic à qui l'on aurait donné la permission de se mettre en civil ? Mais à son grand étonnement, il s'entendit répondre :

— Je vais faire mon possible. Ce sera peut-être difficile, car, à un certain âge, on a tendance à tout prendre trop au sérieux, comme les enfants... Comment s'appelle-t-elle, cette Phyllis ?

— Balebrook. Phyllis Balebrook.

— Il ne me reste donc plus qu'à dénicher son adresse.

— 177 Hopkins Street.

Il la regarda avec surprise et elle ajouta :

— Un jour que je les ai rencontrés ensemble, je les ai suivis...

Rien qu'en le voyant entrer, Healey, Longhins et Larson comprirent que Fatty Morgan n'était pas content. Prudemment, ils attendirent qu'il voulût bien les mettre au courant.

Mais l'inspecteur ne semblait pas disposé à parler. Ayant ôté son pardessus et son chapeau, il demanda un sandwich et une bière à Mrs. Longhins, qui l'épiait avec une curiosité qu'elle ne songeait pas du tout à dissimuler. Et ce fut elle qui, n'y tenant plus, au moment où George-Herbert allait mordre dans son « dîner », demanda :

— Alors ?

Le policier reposa son sandwich dans l'assiette avec un soupir. Décidément, on ne le laisserait pas manger. Cependant, il ne put s'empêcher de sourire en voyant les trois autres qui le regardaient avec avidité. L'air détaché, il s'enquit :

— Cela vous a amusés de me jouer cette farce ?

Ils eurent tellement l'air de tomber des nues que Fatty sentit le doute poindre en lui.

— Pourquoi ne m'avez-vous pas confié que Mrs. Moriss était avertie des incartades de son mari ? J'ai eu l'air malin, moi !

Ils semblaient vraiment surpris, et à un point tel, qu'il n'était pas possible qu'ils ne fussent pas sincères. Longhins réagit le premier :

— Je vous affirme, monsieur Morgan, que si l'on s'était douté, on ne vous aurait pas envoyé là-bas, voyons !

Healey, sortant de son impassibilité coutumière, renchérit :

— Nous ignorions totalement que Mrs. Moriss se doutait de... de son infortune.

Mrs. Longhins détourna le cours de la conversation.

— Monsieur Morgan... Ils m'ont raconté... Dites, il n'est rien arrivé de grave à Mr. Moriss ?

George-Herbert commençait à en avoir plus qu'assez de cette histoire.

— C'est quand même extraordinaire que tout le monde veuille qu'il lui soit arrivé quelque chose ! Pour résumer et clarifier la situation, madame Longhins, sachez que Mr. Moriss n'est pas rentré chez lui depuis hier après-midi et qu'il y a les plus grandes chances pour que la jeune Phyllis Balebrook soit la responsable de ce manquement à la ponctualité ; mais, ceci dit, ce n'est pas une raison pour imaginer un drame et m'interdire de me restaurer !

Tandis que George-Herbert, empoignant son assiette et son verre, s'installait à la table de ses amis, Mrs. Longhins s'en prenait avec véhémence à son mari.

— Vous auriez quand même pu m'expliquer l'affaire en détail, John ! Ou alors, à quoi cela me sert-il d'avoir joui de votre confiance pendant trente ans ?

Mais le propriétaire de *La Pomme de Pin* n'était pas homme à se laisser adresser des reproches en public sans réagir, et ce fut d'un ton sévère qu'il expliqua à son épouse qu'il la respectait suffisamment pour ne point lui salir l'esprit avec des histoires sordides. D'autres part, connaissant son puritanisme inné, il ne tenait pas à ce qu'elle fît mauvaise figure à leur ami et client Stephen Moriss, lorsqu'il reviendrait prendre place parmi eux. Mrs. Longhins ne parut pas autrement convaincue, et ce fut en grommelant qu'elle remporta l'assiette et le verre de l'inspecteur lorsque ce dernier eut enfin réussi à apaiser sa faim et sa soif. Avant de reprendre la partie interrompue, Fatty annonça son intention de téléphoner et alla s'enfermer dans la cabine réservée aux clients, ne tenant pas à mettre l'assistance au courant de leurs soucis particuliers.

Au *Hong-Kong*, Clarence en était arrivé à l'heure des confidences. Il avait fait un bon dîner et Pearl — l'actuelle femme de sa vie — était bien la plus ravissante brune qu'on pouvait rêver. Bedford adorait parler et Pearl était de celles qui savent écouter, même si elles ne comprennent rien à ce qu'on leur dit. Le sergent-chef en était à l'instant des engagements définitifs. Après avoir commenté, avec des tremblements dans la voix, les misères de son existence solitaire, il confiait à sa compagne son désir d'un foyer agréable où de beaux bébés seraient la fierté d'une maman qu'il n'avait pas encore rencontrée, du moins jusqu'à ce soir-là. Pearl avait beau ne pas être très futée, elle devina que sa chance se jouait. Elle appuya la douceur de son regard, poussa un léger soupir et se laissa aller contre son compagnon. Epouser un officier de Scotland Yard lui assurerait une situation matérielle à peu près confortable avec, au bout, la retraite. Bien sûr, Clarence Bedford ne répondait peut-être pas, physiquement, à l'idéal masculin qu'elle s'était bâti à l'aide des magazines de cinéma, mais à vingt-cinq ans, après quelques petites aventures assez médiocres, son esprit pratique prenait le dessus et elle se disait qu'il valait mieux tenir que courir. Profitant d'un instant où Clarence reprenait son souffle, elle lui chuchota qu'elle aussi s'ennuyait affreusement dans sa solitude et que la seule perspective de regagner sa chambre de Grafton Way, où personne ne l'attendait, lui glaçait le cœur. Pearl, sans avoir l'air d'y penser tellement, confia au jeune policier combien elle enviait ses amies déjà mères de famille et qui pouvaient se consacrer à un époux en compagnie duquel elles vieilliraient paisiblement. Bouleversé, Clarence remercia intérieurement le ciel d'avoir mis sur sa route la seule femme digne de son amour. Il prit les mains de Pearl et, avec des accents émus, lui demanda :

— Pearl, je vous aime... Puis-je espérer que vous, de votre côté, vous m'aimez un tout petit peu ?

Elle acquiesça d'un rapide battement de cils, comme elle avait vu des ingénues le faire sur l'écran.

— Alors, Pearl... voulez-vous être...

Et ce fut ce moment pathétique que choisit le maître d'hôtel pour venir annoncer à Mr. Clarence Bredford qu'on le demandait au téléphone d'extrême urgence. La jeune femme dissimula mal son désappointement tandis que Clarence ne pouvait s'empêcher de jurer. On ne le laisserait donc jamais tranquille ? Ayant prié sa compagne de l'excuser, il gagna le sous-sol où la dame qui régnait sur les téléphones lui désigna la cabine qui lui était réservée.

— Allô !... Bredford à l'appareil... Ah ! c'est vous, chef ? Qu'est-ce qui se passe donc ? J'étais en train de dîner avec...

Mais, Fatty Morgan parlait et, la rage au cœur, Bredford dut se taire et écouter. Lorsque son supérieur eut terminé, il tenta — mais sans grande conviction — de le persuader de ne pas lui gâcher sa soirée.

— Ecoutez, chef, je suis avec Pearl... Comment ?... Non, ce n'est pas la rouquine que je vous ai présentée la semaine dernière... Pardon ?... Non, ce n'est pas celle-là non plus. Vous ne la connaissez pas, mais je compte vous la montrer bientôt, car nous allons nous marier. Enfin, du moins, je l'espère !... Mais non, chef, ce n'est pas une blague, je vous assure ! Nous nous aimons. Vous dites ?... Que je vous ai déjà raconté la même chose au sujet des autres ? Ce n'est pas possible ! Les autres ne comptent pas à côté de Pearl ! Absolument pas ! Et j'étais en train de lui demander sa main lorsqu'on m'a... Mais non, ce n'est pas un service que vous m'avez rendu ! Chef, je vous en prie, soyez chic, ne m'obligez pas à la laisser tomber en ce moment capital, et pour elle et pour moi... Enfin, lorsqu'on demande à quelqu'un de vous épouser, on ne se sauve pas à l'instant où il va vous répondre par oui ou par non, tout de même !

Mais George-Herbert se montra intraitable et conseilla à Clarence d'emmener sa conquête avec lui, afin de se ménager encore quelques secondes de réflexion. Dépité, Bredford raccrocha, après avoir promis à Morgan de le rappeler sitôt qu'il aurait accompli sa mission. Le cœur lourd, le sergent détective regagna sa table où, pour tromper son attente, Pearl se refaisait une beauté, sans trop appuyer sur le rouge à lèvres, en vue du baiser de fiançailles qui n'allait sûrement pas tarder. Toutefois, elle ne put masquer entièrement sa déception en apprenant que celui qu'elle considérait déjà comme son futur mari était dans l'obligation de la quitter pour se rendre chez une miss Balebrook, à seule fin de voir si elle passait la soirée en compagnie d'un vieux monsieur et, dans l'affirmative, d'en aviser aussi rapidement que possible son chef direct. La jeune femme pensa que les détectives du Yard avaient de bien curieuses occupations, mais elle protesta hautement qu'elle ne laisserait pas Clarence se rendre seul auprès d'une personne qui, recevant des messieurs âgés, pourrait fort bien se mettre dans la tête d'en retenir un plus vert. C'est donc ensemble que Clarence et Pearl montèrent dans le taxi qui devait les conduire à Hopkins Street.

Hopkins Street n'est évidemment pas une rue où la gentry londonienne aimerait habiter. Leur taxi reparti, Clarence et Pearl regardaient autour d'eux et ne semblaient pas particulièrement enthousiasmés par le décor, que pourtant la nuit estompait avec bonheur. Des odeurs puissantes flottaient au ras des trottoirs. Entre les boîtes à ordures, on voyait filer des ombres sans qu'il fût possible de discerner s'il s'agissait de chats ou de rats. Pearl regretta d'avoir renvoyé le taxi, car elle eût volontiers attendu le retour de son « fiancé » à l'intérieur de la voiture. Mais l'assurance qu'une demande en mariage, en bonne et due forme, récompenserait son courage et sa bonne volonté, lui fit faire contre mauvaise fortune bon cœur : Clarence se rendrait compte qu'il pouvait s'appuyer sur une épouse dévouée.

L'entrée du 177 était une sorte de gouffre d'ombre où le couple s'engagea, Clarence marchant devant, les bras tendus pour éviter les rencontres malheureuses. Au bout de quelques pas, le policier distingua l'amorce d'un escalier sur sa gauche. Logiquement, il devait y avoir un interrupteur quelque part, mais où ? Il ne se sentait pas le courage de passer les mains sur le mur qui, si l'on en jugeait pas la saleté régnant alentour, devait être ignoble. Bredford, exaspéré, hurla :

— Il y a quelqu'un ?

Sa voix se répercuta longuement dans l'entrée, avant de monter dans le vide gluant de la cage d'escalier. Ayant attendu que les échos de son appel se fussent amortis, Clarence s'apprêtait à crier de nouveau lorsque la lumière se fit et, du premier étage, un gros homme flasque, penché sur la rampe, demanda :

— C'est vous qui faites tout ce boucan ? Qu'est-ce que vous voulez ?

— Miss Phyllis Balebrook, c'est ici ?

— Dernier étage, porte droite !

Prenant Pearl par la main, Clarence entama l'ascension. Comme ils arrivaient au palier du troisième, l'obscurité les enveloppa derechef et la jeune femme ne put retenir un léger cri de frayeur, mais son compagnon avait repéré la minuterie et eut tôt fait, au grand soulagement de Pearl, de rendre la lumière. Elle l'en admira, comme s'il avait accompli un exploit extraordinaire. Enfin, ils parvinrent au cinquième et dernier étage. Ils reprirent leur souffle avant d'aller frapper légèrement à la porte de droite. On ne répondit pas, et Clarence s'aperçut que la clef était dans la serrure. Il frappa une fois encore avant de tourner la poignée et d'entrer. La chambre était plongée dans le noir, par discrétion, Bredford s'arrêta sur le seuil pour dire :

— Miss Phyllis Balebrook ?

On ne répondit pas et, ayant tendu l'oreille pour tenter de saisir le bruit d'une respiration, Clarence se convainquit que le nid était vide. Il en maudit une fois de plus, Fatty Morgan, qui lui avait gâché sa soirée pour rien. Par acquit de conscience, le policier voulut pousser son inspection plus avant et sa main, du premier coup, trouva l'interrupteur sur sa droite. L'ensemble n'était pas très reluisant.

Un grand paravent mettait sans doute le lit à l'abri des courants d'air. Contre le mur, une armoire en bois blanc. Au centre de la pièce, une petite table et deux chaises. Près de la fenêtre, dans un angle, une toilette assez crasseuse et, un peu partout, des photos d'artistes parmi lesquelles Bredford reconnut celle de sir Laurence Olivier. Le sergent détective referma la porte derrière lui et, suivi de Pearl, s'en alla regarder de plus près le visage de la jeune fille qui souriait dans un cadre bon marché, posé sur la table, et dont le menton était barré d'une affectueuse dédicace : *Pour Phyllis, sa Dora.* Tandis que Pearl remarquait que cette jeune personne ressemblait à une grue (il ne faut jamais perdre l'occasion de montrer aux hommes qu'on veut épouser qu'on est quelqu'un de respectable), Clarence s'en fut jeter un coup d'œil par-dessus le paravent et se sentit blêmir. Contrairement à ce qu'il avait cru, Phyllis Balebrook était bien là, étendue en travers de son lit, mais la gorge ouverte d'une oreille à l'autre. Une véritable boucherie. Le sang avait coulé partout, maculant la robe de la malheureuse, imprégnant le lit et la carpette. Bredford, pendant un moment, en oublia Pearl et, ne se rappela sa présence qu'au moment où il l'entendit pousser une sorte de râle car, elle aussi, avait voulu voir ce qu'il y avait derrière le paravent. Il se précipita, mais elle glissa au sol, évanouie, avant qu'il ait eu le temps de la prendre dans ses bras. La ramassant avec de tendres précautions, il l'assit sur l'une des deux chaises. Comme soirée de fiançailles, c'était réussi ! Et si Pearl ne voulait plus de lui, à présent ? Comme la jeune femme mettait décidément de l'entêtement à reprendre ses sens, Clarence l'abandonna un instant pour s'emparer du cadre et en faire glisser la photo de cette gentille Dora, qu'il mit dans sa poche. Dans l'armoire, il dénicha un sac à main, à l'intérieur duquel (il siffla de surprise) il découvrit une liasse de dix billets de dix livres... Une belle somme pour quelqu'un habitant dans un pareil endroit.

Pearl poussa un gémissement qui fit sursauter son amoureux et, au même moment, on frappa à la porte. Bredford se figea. Qui pouvait venir à cette heure-ci rendre visite à la fille assassinée ? A pas de loup, il se rapprocha de la porte qu'il ouvrit d'un coup sec, pour se trouver en présence du gros homme qui, quelques instants plus tôt, lui avait indiqué, par-dessus la rampe de l'escalier, où logeait Phyllis Balebrook ?

— Qu'est-ce que vous voulez ?

— J'suis l'gérant... J'étais à moitié endormi tout à l'heure ; mais à la réflexion, ça m'a paru bizarre que vous demandiez après miss Balebrook.

— Pourquoi ?

— Parce que c'est pas le moment de faire des visites à quelqu'un qu'on connaît pas...

— Et alors ?

— Et alors, j'venais voir si, miss Balebrook, elle aurait pas besoin de moi, des fois...

— Vous arrivez un peu tard...

Le policier voulut refermer la porte, mais le bonhomme avança à l'intérieur de la chambre et montrant Pearl qui revenait péniblement à elle :

— Qui c'est ?

— Elle est avec moi.

Soupçonneux, le gérant examina Clarence.

— Qu'est-ce que vous lui avez fait ?

Sans répondre, le sergent détective indiqua du bras le paravent. Le bonhomme, traînant ses pantoufles, s'en alla, à son tour, regarder le lit. Il eut une espèce de hoquet et, quand il émergea, de nouveau, dans la lumière, Bredford s'aperçut qu'il était livide.

— C'est... c'est vous qui l'avez tuée ?

Clarence haussa les épaules.

— Elle est morte depuis pas mal de temps !

Le type, hésitant, désignant Pearl :

— Et elle ?

— Evanouie seulement... Elle a vu.

Le gérant hocha la tête pour faire entendre qu'il comprenait. Après s'être gratté la poitrine, en passant la main dans l'ouverture de sa chemise de nuit, il dit :

— Peut-être bien que je devrais prévenir les flics ?

— Pas la peine.

— Ah !

— Je suis un flic.

Encore bouleversés par le spectacle qu'ils avaient eu dans la chambre de Phyllis, Pearl et son compagnon ne s'offusquaient plus du décor de la rue. Ils avaient quitté la pièce mortuaire, dont Bredford avait emporté la clef, en recommandant au gérant de retenir quiconque se présenterait pour voir miss Balebrook. Pearl, qui s'en voulait de sa faiblesse, tenait absolument à rester auprès de son futur époux pour lui montrer de quoi elle était capable. Mais Clarence lui affirma que, pour lui, la soirée était terminée et que, sitôt son chef averti, il lui faudrait se remettre au travail, un travail où il n'y aurait vraiment pas place pour celle qu'il aimait. Pearl eut beau protester, Clarence ne se laissa pas fléchir, et accompagnant la jeune femme jusqu'à Wardour Street, il la mit dans un taxi, après lui avoir fixé rendez-vous pour le lendemain.

CHAPITRE III

« Fatty » Morgan venait de gagner son contrat avec un trois-piques joué supérieurement, de l'aveu même de ses adversaires malheureux : Larson et Healey. L'inspecteur-chef prisait beaucoup ces triomphes modestes dans des batailles qui — du moins, il l'affirmait — étaient pour lui le meilleur des entraînements. Trop de policiers, à son avis, se figuraient que le courage et la forme physique constituaient les qualités essentielles d'un parfait détective. George-Herbert, au contraire, tenait que n'importe qui pouvait mettre la main au collet d'un malfaiteur et qu'il n'était pas besoin d'appartenir à Scotland Yard pour cela, tandis que démêler l'écheveau embrouillé d'un crime particulièrement réussi, démonter le mécanisme astucieux d'une jolie escroquerie, voilà qui demandait autre chose que des muscles. Parce qu'il était fier d'appartenir au C.I.D., de faire partie du « Service », Morgan prétendait qu'il incombait à ses collègues et à lui-même de se pencher sur ces problèmes humains et de les résoudre. Les sous-ordres suffisaient alors pour aller arrêter les criminels qu'on leur avait désignés. L'inspecteur-chef n'éprouvait pas — après vingt-cinq années de service — de haine particulière contre les truands qu'il combattait et dont il savait que la race durerait aussi longtemps que celle des policiers, mais il ressentait une émotion particulière, faite de contentement de soi, de la certitude d'être digne du poste qu'il occupait lorsque, quelques jours, quelques semaines, quelques mois après qu'on lui eut confié une affaire à résoudre, il voyait entrer dans son bureau, entre deux policemen, l'homme qui s'était cru à l'abri de ses recherches et que Fatty avait désigné à force de réflexions, de méditations, de raisonnements logiques, sur les rapports que lui apportaient ses adjoints, lancés sur différentes pistes. Pour continuer de mener sa tâche à bien, il ne fallait jamais que George-Herbert cessât l'entraînement, et c'est pourquoi le bridge, les échecs lui semblaient des distractions lui convenant particulièrement.

Larson distribuait les cartes d'une nouvelle donne, lorsque le téléphone sonna. Mrs. Longhins, ayant pris l'appareil, avertit Morgan qu'on le demandait. Une fois encore, l'inspecteur gagna la cabine.

— Ici, Morgan... Ah ! bonsoir, Bredford... alors, vous avez trouvé nos tourtereaux au nid ?

Le ton de son adjoint fit tout de suite comprendre à Fatty que ce n'était peut-être pas le moment de plaisanter. Il se tut et écouta. Sitôt que Clarence eut terminé son rapport, Morgan n'était plus le même homme. Sa voix s'était faite sèche et brutale.

— Vous avez averti le service ?... Pas encore ? Bon. Alors, n'en faites rien avant que nous ne nous soyons vus. Sautez dans un taxi et venez au *Cygne du Dorset*, dans Berwick Street. Je vous y rejoins.

Il raccrocha sans attendre de réponse parce que, quand il donnait un ordre, il n'y avait qu'à obéir.

George-Herbert pria ses amis de l'excuser, mais, pour ce soir, la récréation était terminée. On l'appelait d'urgence. Tout de suite, ils devinèrent qu'il s'agissait de Stephen Moriss. Mrs. Longhins demanda :

— Ce n'est pas pour Mr. Moriss, au moins ?

— Si, madame Longhins... une vilaine histoire...

Il les enveloppa tous de son regard devenu épais et annonça :

— Je vous conseille de ne plus dire de mal de Phyllis Balebrook... Elle est morte.

Étant le plus jeune, Larson réagit le plus violemment.

— Morte ? Ce n'est pas possible !

— Si... égorgée... saignée comme un mouton...

Tous réalisaient qu'entre leurs soucis amicaux de tout à l'heure pour un vieux camarade sorti du droit chemin conjugal et le crime qu'on leur apprenait, il y avait un monde. Fatty Morgan, lui-même, n'était plus le joueur de bridge avec qui l'on pouvait plaisanter gaiement et toujours prêt à rendre service. Il s'était transformé. Ce gros homme n'avait plus rien de doux, de gentil. Il était devenu une sorte de bloc dur, qu'on devinait inaccessible, impitoyable. Il était devenu l'inspecteur-chef de New Scotland Yard. Une même pensée les obsédait tous : Moriss, le bon, le brave Stephen Moriss, qui se trompait si souvent dans ses annonces, s'était-il vraiment mué en assassin ? A la perspective des reproches désagréables de sa femme, fallait-il substituer l'ombre de la potence ? Sans que rien ne l'eût fait prévoir, l'exceptionnel entrait dans leur vie. Ils perdaient pied en face d'une réalité à la tragique évidence de laquelle ils ne parvenaient pas à croire. Résumant l'impression générale, Longhins dit, d'une voix étranglée :

— Le père Moriss est incapable d'une chose pareille !

George-Herbert répondit brièvement :

— Il ne me semble pas que j'aie accusé qui que ce soit, John ? Laissez donc aux gens dont c'est le métier le triste privilège de soupçonner celui-ci ou celui-là. Pour vous autres, je vous demande la discrétion la plus absolue. Ne me faites pas regretter de vous avoir accordé ma confiance. Le silence le plus complet jusqu'à demain matin, compris ?

— Compris, inspecteur...

Au *Cygne du Dorset*, qui restait ouvert une partie

de la nuit par permission spéciale et parce qu'il était fréquenté essentiellement par des hommes employés à des travaux nocturnes, on connaissait bien Fatty Morgan, dont la rondeur suscitait toujours les lazzi affectueux de la clientèle. D'habitude, George-Herbert y répondait avec bonne humeur, mais, en entrant, ce soir-là, dans la vieille taverne, le policier n'avait pas envie de plaisanter. Son visage en témoignait suffisamment pour que les buveurs se contentassent de le suivre des yeux et, pour ceux qui consommaient, debout au bar, Chester Llyod, le patron, murmura :

— Le gros doit être sur une affaire, les gars ; vaut mieux lui foutre la paix...

Oubliant de saluer les gens auxquels il avait coutume d'adresser quelques mots, l'inspecteur-chef gagna rapidement la table où Bredford l'attendait. A Chester, venu lui-même, par déférence, prendre sa commande, Morgan commanda un double whisky, car il savait qu'il lui faudrait remettre à beaucoup plus tard le moment de se mettre au lit. Clarence lui fit un récit détaillé de ce qu'il avait vu dans la chambre de Phyllis, sans oublier l'évanouissement de Pearl — auquel, à la grande amertume de son adjoint, George-Herbert ne parut pas accorder la moindre attention — ni l'arrivée du gérant.

— Crime crapuleux, Clarence ?

— Je ne pense pas, chef. J'ai trouvé cent livres sterling dans le sac de la morte.

— Cent livres ? D'où diable pouvait-elle tenir pareille somme ?... Rien d'autre ?

— Si, cette photo.

Et Bredford tendit à son supérieur la photographie prise dans le cadre. Morgan l'examina un instant, puis déclara qu'il fallait immédiatement mettre la main sur cette Dora, afin d'obtenir par elle quelques indications sur l'existence que menait la victime.

— Comment voulez-vous que je la trouve, à cette heure-ci, chef ?

— La photographie a été faite par un professionnel. Voyez... Jef Higgins, 221 Gerard Street... Allez-y, réveillez-le s'il dort et espérons qu'il a une fiche au nom de sa cliente. S'il peut vous fournir la moindre piste, suivez-la et tâchez de me ramener cette Dora au Yard, où je vais passer la nuit. Mais avant, vous allez téléphoner à l'Identité en leur demandant d'alerter naturellement le médecin légiste, puis vous retournerez à Hopkins Street pour procéder aux premiers interrogatoires, avant que ces messieurs n'aient tout fiché en l'air. Avertissez que je prends l'affaire en main. Je confirmerai au Yard. Ensuite, filez à la poursuite de cette Dora, n'est-ce pas ?

— Entendu, chef... Mais vous ne venez pas visiter les lieux ?

— A quel étage habitait cette Phyllis ?

— Cinquième.

— Souhaiteriez-vous ma mort, Clarence ?

Bredford protesta de son attachement à son supérieur.

— Merci, Clarence. Je sais que je puis compter sur votre amitié. D'autre part, j'ai toute confiance dans vos facultés d'observation... Vous avez été à bonne école, la mienne ! Le crime remonte à combien de temps, à votre avis ?

— Au moins vingt-quatre heures.

— Le médecin légiste nous fixera avec plus de certitude et, s'il confirme votre appréciation, on pourra situer le meurtre au moment où Stephen Moriss venait rendre visite à sa petite amie.

L'inspecteur expliqua à son adjoint qui était Stephen Moriss, son habituel partenaire au bridge, et quelles étaient les relations entre Phyllis Balebrook et le retraité.

— Et ce Moriss, chef, où est-il ?

— Pas rentré chez lui depuis vingt-quatre heures.

— Alors... c'est clair, chef, non ?

— J'en ai peur... Quel idiot ! Se mettre dans un pétrin pareil, à son âge !

Fatty Morgan était plus fâché qu'indigné. Qu'un vieux brave homme gâchât la fin de sa vie et celle de sa femme pour une gosse trop rusée, c'était à désespérer de tout. George-Herbert aimait bien Stephen Moriss et peut-être lui faudrait-il l'envoyer à la potence. Pour la première fois, son métier lui pesa, sans qu'il pensât, pour autant, à se décharger de l'affaire. Mieux qu'aucun de ses collègues, il connaissait le milieu où avait vécu le meurtrier présumé. Lui seul pouvait mener rondement cette pénible histoire à son terme. Il ne faillirait pas à sa tâche.

— Clarence... la seule chose qui m'intrigue, c'est cette somme dans le sac de la victime.

— Sans doute faisait-elle chanter Moriss qui, excédé, l'a tuée ?

— Pourquoi n'a-t-il pas repris son argent, dans ce cas ?

— Il a dû agir dans un moment d'affolement, négligeant les cent livres, pour ne penser qu'à se sauver. Il a bien oublié sa clef sur la porte, puisque j'ai trouvé le trousseau de Phyllis dans son sac... et puis, enfin, il s'est sauvé... A moins qu'il ne se soit suicidé ?

— C'est possible... Vous avez cette clef ?

— La voilà.

La clef de l'assassin alla rejoindre, dans la poche de Morgan la liasse de cent livres qu'il y avait glissée.

— Vous savez, chef, il n'y a pas d'empreinte sur la clef. Elle a été soigneusement essuyée...

Fatty se leva pesamment.

— Alors, ça ne colle pas avec l'affolement supposé du meurtrier... et, dans ce cas, pourquoi n'a-t-il pas repris l'argent ? Enfin, nous avons le temps de réfléchir à tout ça. Une visite embêtante à faire et puis je retourne au Yard où je vous attendrai.

Dans Sutton Street, devant la maison des Moriss, Fatty Morgan hésitait. Quelle corvée ! Comment Mrs. Moriss allait-elle supporter le choc ? La lumière qui filtrait à travers les volets de l'appartement indiquait que la vieille dame, obstinée, confiante, guettait le retour de son mari. Et ces trois étages à monter encore... Voilà de quelle façon insolite se terminait une journée qu'on s'imaginait devoir finir comme elle avait commencé. Le bureau, l'ennui, la brume, la perspective d'une longue veillée près d'un feu de houille en attendant le moment d'aller se coucher, et il avait suffi qu'une lettre arrivât de France, qu'on ait eu envie de mettre un ami au courant, et l'engrenage s'était mis en branle. Au lieu d'être assis dans son fauteuil, les pieds dans ses pantoufles, la pipe à la bouche, George-Herbert devait aller dire à une vieille dame que son existence risquait de s'achever en tragédie, qu'en un moment de folie, son époux avait fait s'écrouler trente années d'honnêteté paisible et que, d'ici quelques semaines, elle passerait peut-être une nuit d'agonie en attendant l'aube où l'on passerait le nœud coulant au cou du compagnon de toute sa vie. Mais quelle idée avait donc eue Fatty Morgan de choisir un pareil métier ?

Il était tellement préoccupé par le genre de phrases qu'il devrait dire bientôt, que l'inspecteur peina beaucoup moins qu'il ne l'avait prévu pour regrimper au troisième étage. Bien qu'il soufflât lourdement, il aurait presque souhaité qu'il y ait eu encore des marches à monter pour retarder l'instant pénible où Mrs Moriss apprendrait qu'elle était vraisemblablement la femme d'un assassin. Il n'osa pas sonner et se contenta de gratter à la porte, qui s'ouvrit presque aussitôt.

— Ah !... c'est vous...

Il y avait du dépit dans sa voix. Elle avait dû se figurer que c'était son Stephen qui revenait, honteux et repentant. Pauvre Mrs. Moriss... Dieu seul savait où il se trouvait, son Stephen, et le policier en arrivait presque à souhaiter que le fugitif ait mis fin à ses jours pour éviter à sa compagne le calvaire du procés et de l'exécution. Elle le fit entrer avec — lui sembla-t-il — moins d'amabilité que tantôt. Dans le salon, il s'assit avec lenteur, comme pour éluder encore la question à laquelle il lui faudrait pourtant bien répondre.

— Vous l'avez vu, monsieur Morgan ?

Il secoua la tête, encore trop oppressé pour répondre.

— Vous savez où il est ?

Nouveau signe de dénégation. A la fêlure de sa voix, il comprit qu'elle s'énervait.

— Pourquoi êtes-vous revenu ?

En s'entendant prononcer cette phrase, elle perçut ce qu'elle avait d'insolent et elle se reprit :

— Je veux dire que si un homme comme vous, monsieur l'inspecteur, qui est si occupé, s'est dérangé une fois encore pour venir me parler c'est que... c'est que c'est grave ?

Elle attendit quelques secondes avant d'ajouter :

— ... Vous pouvez me le dire, allez... Je tâcherai d'avoir du courage... C'est bien une fugue ?

— Oui.

— Avec Phyllis ?

— Sans Phyllis.

— Je ne comprends pas ?

Sans trop savoir pourquoi, il lui prit la main.

— Vous disiez tout à l'heure que vous tâcheriez d'avoir du courage, madame Moriss... Il va vous en falloir, beaucoup.

— Il.. il est mort ?

— Je ne sais pas. Je vous jure que je ne sais pas.

A son tour, elle se laissa tomber sur une chaise.

— Et si vous me racontiez, maintenant ?

— Votre mari était bien allé rejoindre Phyllis Balebrook ; mais, il est parti sans elle.. Elle est morte, madame Moriss.

— Morte ?

— Assassinée.

La bouche ouverte, elle le fixait, stupéfaite.

— Ass... mon Dieu ! La pauvre enfant... Mais qui a bien pu...

Il détourna les yeux mais pas assez vite pour qu'elle n'ait eu le temps de surprendre ce qu'il pensait. Elle se dressa frémissante.

— Vous ne croyez tout de même pas que c'est Stephen ?

Hé ! si, il le croyait justement mais il ne pouvait le lui lancer, comme cela, au visage, sans risquer de la tuer. Il usa d'un faux-fuyant pour ne pas répondre directement.

— Si je savais seulement pourquoi il s'est enfui...

— Il a sûrement eu une raison valable. Nous ne la connaissons pas, voilà tout. Mais mon mari n'est pas, ne peut pas être un assassin, monsieur Morgan !

Elle affirmait sa conviction avec une si parfaite sérénité que l'inspecteur prévoyait que, même au moment où le juge se couvrirait de noir pour annoncer à Stephen Moriss, convaincu de meurtre au premier degré sur la personne de Phyllis Balebrook, qu'il serait pendu jusqu'à ce que mort s'ensuive, elle serait encore certaine de l'innocence de son mari. Ce devait être agréable de vieillir auprès d'une compagne de cette qualité. Comment Moriss ne s'en était-il pas rendu compte, au point d'aller jouer les séducteurs défraîchis ? Les hommes sont incorrigibles. Fatty Morgan se leva, tendit la main à Mrs. Moriss.

— J'admire votre attitude, madame, et je vous félicite pour votre courage, mais vous devez admettre que la justice du Roi ne peut se contenter de votre opinion pour arrêter les poursuites, n'est-ce pas ? Alors, je vais donner l'ordre de rechercher votre mari et de l'appréhender.

— Je souhaite que vous le retrouviez le plus vite possible, car je suis persuadée qu'il pourra tout vous expliquer.

— Du fond du cœur, madame, je voudrais que vous ayez raison. Avez-vous une photo de Mr. Moriss ?

Elle prit celle qui était sur la cheminée et, la sortant de son cadre, la remit au policier.

— Prenez-en bien soin... C'est la seule que j'aie... et si Stephen ne la trouvait pas en rentrant, il se fâcherait.

Malgré lui, en redescendant l'escalier, George-Herbert ne pouvait s'empêcher de sourire. « Il se fâcherait... », avait-elle dit ! Incroyable... On venait de lui annoncer que son mari allait être recherché pour meurtre, et tout ce qui la préoccupait c'était qu'il ne s'aperçoive d'aucun changement lorsqu'il daignerait rentrer. Cette femme-là n'était pourtant pas une idiote. Donc, elle avait une telle confiance dans un homme qu'elle connaissait mieux que quiconque, qu'elle ne voulait même pas envisager l'hypothèse qu'il fût devenu un meurtrier. Morgan pensa que ce devait être cela qu'on appelait la foi, mais il avait beau feindre de se moquer de Mrs. Moriss et de son aveuglement, il était déjà beaucoup moins sûr que Stephen Moriss fût le coupable que Scotland Yard allait traquer.

Un taxi emmena George-Herbert jusqu'à son bureau, où il retrouva avec satisfaction son vaste fauteuil. Tout ce qu'il avait fait jusqu'à présent n'était que des broutilles, c'est maintenant que tout commençait. Un homme se cachait dans Londres et Fatty Morgan, sans bouger de son siège confortable, relèverait sa piste, le poursuivrait et le forcerait. Tout serait terminé lorsque Stephen Moriss franchirait le seuil de ce bureau, les mains enchaînées. Le policier étala devant lui un plan de la ville, pointa Hopkins Street où les hommes de l'identité devaient tout mettre sens dessus dessous tandis que Phyllis, qui voulait conquérir la capitale, se trouvait sans doute déjà entre les mains du médecin légiste. Décrochant le téléphone, George-Herbert alerta la police des quais et des docks, signala les quartiers où Moriss avait pu chercher un refuge, indiqua les gares qu'il fallait surveiller, donna le signalement de l'homme en fuite que les voitures radio répéteraient. Puis, allumant sa pipe, il s'étira. La chasse était lancée, il n'y avait plus qu'à attendre l'hallali.

Clarence Bredford ne décolérait pas. Il s'en souviendrait de sa soirée de fiançailles ! Au fait, Pearl avait-elle dit oui ? Il ne se rappelait même plus s'il avait pensé à lui demander officiellement sa main. Et tout cela, par la faute de ce vieux débauché sanguinaire qui se terrait quelque part dans Londres. Vivement qu'on lui mette la main dessus et que Clarence puisse enfin s'occuper de lui, c'est-à-dire de Pearl. Après un dernier tour dans la chambre de

Phyllis, Bredford avait cédé la place aux hommes de l'idendité qui arrivaient. En le voyant, Phil Murlock s'était écrié :

— Si Clarence le Séducteur est là, Fatty Morgan ne doit pas être loin : je plains celui qui a fait le coup !

Mais quand il avait vu le corps de la victime, Murlock avait ironiquement demandé au sergent détective si, par hasard, il ne s'agissait pas de la seule jeune fille qui aurait osé résister au charme de Bredford, obligé, pour ne pas faire mentir sa réputation, de tuer la trop indépendante demoiselle ? Clarence n'avait pas le cœur à rire et il avait quitté la pièce de fort méchante humeur contre Phil Murlock et la société tout entière. Le premier qui s'aperçut de la hargne contenue du policier fut Peter Halscraft, le gérant de l'immeuble. Interrogé, houspillé, secoué, menacé, il ne comprenait rien à ce qui lui arrivait. Oui, il connaissait bien Phyllis Balebrook ! Oui, elle recevait des hommes chez elle, et puis après ? Non, il n'avait rien entendu de spécial la veille, vers dix-huit heures ! Comment voulait-on qu'il se souvienne des gens qui entraient et sortaient de cette maison ? Il n'était pas payé pour assurer un pointage ! Naturellement qu'il respectait la loi et la police, mais ce n'était pas une raison pour qu'on lui parlât sur ce ton ! Non, il n'avait jamais été condamné ! Non, il n'avait jamais frappé personne, mais il ne jurait pas que ce serait encore vrai d'ici quelques instants, si l'on persistait à le tarabuster de la sorte ! Non, il ne menaçait pas un représentant de la police de Sa Majesté dans l'exercice de ses fonctions, mais il exigeait d'être traité plus convenablement ! S'il avait déjà vu Stephen Moriss ? Ça se pouvait... Oui, Phyllis avait une amie qui venait souvent la voir, à peu près de son âge. Dora elle s'appelait. Où elle habitait ? Comment espérait-on qu'il le sût ? Lui, les femmes, elles ne l'intéressaient pas, il préférait le gin et la bière. En effet, il croyait se rappeler que cette Dora était montée chez sa camarade, la veille, en fin d'après-midi.

Lorsque Clarence l'abandonna, Peter Halscraft était au bord de la crise de nerfs. Il se précipita dans sa cuisine pour empoigner sa bouteille de gin, la porter jusqu'à ses lèvres et en vider le quart sans respirer. Et tandis qu'il rebouchait le flacon, il se disait que si ce qu'il venait de subir n'était qu'une simple enquête, qu'est-ce que devait être le troisième degré dont parlent les romans policiers !

Parce qu'il aimait son métier et qu'il savait que Fatty Morgan, tapi dans son fauteuil comme une grosse araignée tendant sa toile sur Londres pour que vienne s'y prendre le meurtrier en fuite, attendait un rapport sur lequel il pourrait méditer à loisir, Bredford interrogea tous les locataires de l'immeuble qu'il obligea à se lever pour répondre à ses questions. Il ne tira rien de valable de ces bavardages inutiles. Les femmes, unanimes, tenaient feue Phyllis Balebrook pour une moins que rien qui n'avait eu que ce qu'elle méritait. Les hommes s'attardaient à décrire la disparue, dont ils vantaient la plastique qui avait dû souvent les faire rêver auprès de leurs épouses acariâtres ou avachies. Il y avait longtemps que ses collègues de l'identité avaient quitté la maison de Phyllis, elle-même partie pour son avant-dernier voyage dans le fourgon de la Morgue, quand Clarence se retrouva dans la rue, pas plus avancé que lorsqu'il avait découvert le corps de la victime. Il ne lui restait plus qu'à dénicher Jef Higgins le photographe et, par lui, de remonter jusqu'à cette Dora qui aimait tant Phyllis Balebrook.

Dans Gerard Street, le magasin-atelier du photographe Jef Higgins était hermétiquement clos. Le policier sonna longuement, mais rien ne bougea dans la maison, et Clarence se dit, qu'après tout, Higgins était peut-être — comme c'était son droit — parti passer la soirée chez des amis ou assister à un spectacle quelconque, et il maugréa en pensant qu'il lui faudrait peut-être attendre une heure du matin pour voir ce Jef regagner son domicile, à condition, bien entendu, qu'il ne s'avisât point d'aller traîner dans une boîte jusqu'à l'aurore, pour peu qu'il fût noctambule de tempérament, ce qui, dans Soho, était normal. Et dire qu'en ce même instant, Bredford aurait pu être au côté de Pearl et faire avec elle de doux projets d'avenir... Il avait fallu que cette Phyllis choisisse juste ce jour-là pour se faire assassiner, ou plutôt pour faire découvrir son cadavre ! Sûrement que Pearl devait être déçue, et pas très contente. Le sergent détective tâcherait de lui expliquer demain — ou mieux, tout à l'heure — que tout cela n'était pas de sa faute, en se rendant au magasin de Burlington Arcade, dont elle était une des plus charmantes employées. Pris subitement d'un accès de rage contre son métier, contre les assassins et contre leurs victimes, contre les exigences de son chef, contre les gens qui, le soir, ne restent pas chez eux à attendre la visite de policiers ne venant pas les ennuyer pour leur plaisir, Bredford tapa à coups de poing furieux dans le volet de fer du magasin. Presque aussitôt, une fenêtre s'ouvrit violemment à l'entresol et un rouquin, en pyjama, sur lequel s'étalait une barbe que le reflet d'un réverbère voisin faisait flamber, jaillit à mi-corps, en hurlant :

— Qu'est-ce qu'il y a ? C'est la guerre ?

En même temps, apercevant Clarence, il s'en prit directement à lui :

— C'est vous qui faites tout ce bruit ? Vous êtes soûl ou quoi ? Vous voulez que j'appelle la police ?

Fatigué, le sergent détective haussa les épaules.

— Ce ne serait vraiment pas la peine... Elle est déjà là, la police, mon vieux !

— Sans blague ? Et où ça ?

— En ma personne et sous votre fenêtre !

Le rouquin s'esclaffa avec tant de discrétion qu'on dut l'entendre jusqu'à Piccadilly Circus.

— Ce n'est pas parce que vous ne supportez pas l'alcool au-delà d'une certaine quantité, qu'il faut empêcher de dormir les citoyens de la libre Angleterre ! Alors, fichez-moi vite le camp ou je vous balance un pot d'eau sur le portrait ! Bonsoir !

Bredford était si énervé qu'il aurait volontiers collé son poing dans la figure de ce tonitruant imbécile, s'il s'était trouvé à la même altitude que lui. Avant que l'hurluberlu ne refermât sa fenêtre, le policier lança :

— Je cherche Jef Higgins !

— Pour quoi faire ?

— Je le lui dirai !

— C'est moi, Higgins, vous pouvez y aller !

— Alors, descendez m'ouvrir, et en vitesse ! Je vous montrerai ma carte du Yard !

Le ton de Clarence était tel que le photographe ne songeait plus à plaisanter.

— C'est bon... je viens.

Lorsque la porte du magasin s'entrebâilla, le rideau de fer légèrement remonté, Bredford se courba presque jusqu'au sol pour entrer chez Jef Higgins, une sorte de colosse qui avait hâtivement passé un pantalon que les différents liquides utilisés dans son laboratoire auréolaient de taches aux couleurs variées. Lui non plus n'était pas de bonne humeur.

— Qu'est-ce que vous me voulez à cette heure-ci ? On vous paie pour assurer notre repos et non pour le troubler !

Le sergent détective sortit la photo de Dora de sa poche et la mit sous le nez de Higgins, en demandant :

— Vous connaissez cette personne ?

— Elle a fait quelque chose ?

Clarence lui reprit le portrait des mains et, sèchement :

— La connaissez-vous, oui ou non ?

Higgins eut encore une brève hésitation et puis se décida :

— Bien sûr que je la connais, et pas mal de gens la connaissent dans Soho... C'est une brave fille. Je ne voudrais pas lui attirer des embêtements.

— Rassurez-vous, elle n'est recherchée qu'en qualité de témoin. Qui est-ce ?

— Dora.

— Dora... quoi ?

Le photographe écarta les bras en un geste d'impuissance.

— Ça... tout le monde l'appelle Dora. Dora-la-Carpe, parce qu'elle ne fait que bâiller, à croire que cette fille ne dort jamais son content.

Bredford n'en savait pas plus qu'au moment où il enlevait la photo du cadre posé sur la table de Phyllis Balebrook.

— Qu'est-ce qu'elle fait dans la vie, cette Dora ?

— Je ne sais pas trop.

— Où pensez-vous que je pourrais la rencontrer à cette heure-ci ?

— Je ne peux pas vous le dire exactement, mais si vous faisiez les bistrots de Greek Street qui sont encore ouverts, ça m'étonnerait que vous n'y tombiez pas dessus, car c'est, comme qui dirait, son quartier général par là... Surtout *Chez Tim*...

Deux heures plus tard, Clarence Bredford, épuisé, entrait *Chez Tim* et, s'appuyant au comptoir, demandait un porto battu avec deux œufs frais. Il avait visité tous les cafés et toutes les boîtes de Greek Street, de Wardour Street et de Old Compton Street. Dégoûté, il était revenu dans Greek Street, se demandant si cet Higgins ne s'était pas payé sa physionomie. Le barman, apitoyé par son air de lassitude, s'enquit amicalement :

— Quelque chose qui ne va pas ?

— Il y a deux heures que je cherche une fille avec qui j'ai rendez-vous.

Dégoûté, le barman secoua la tête.

— Elles sont toutes les mêmes... et vous pouvez croire que j'en vois défiler quelques-unes, ici !

Sachant, en homme d'expérience, que rien n'apaise mieux la souffrance que la souffrance d'autrui, il ajouta :

— Tenez, moi qui vous parle, j'ai un bon métier : je suis un garçon sérieux, et l'on ne peut pas dire que je sois tellement moche de ma personne, hein ? Eh bien ! figurez-vous qu'il y a deux ans, je fais la connaissance d'une fille qui servait au *Poisson Vert*, dans Wardour Street. Polly, elle s'appelait. Une pauvre gosse à qui la vie en avait fait baver. Moi, il faut vous dire que je suis bon et que j'aime à rendre service. J'ai voulu la sortir de là et lui donner une existence respectable, à Polly. On s'est mariés. J'étais au petit soin pour elle. J'y apportais ma paie tous les samedis, sauf mon pécule pour les courses, bien sûr. Une vraie bourgeoise, que j'en avais fait, de Polly. Vous me croirez pas, mais seize mois plus tard, quand elle a été bien nippée, qu'elle a eu repris du poids, elle a fichu le camp pendant que j'étais pas là, et en emportant tout ce qu'elle pouvait emporter. Alors, après un coup pareil, les femmes, vous pouvez toujours venir m'en parler ! Et la vôtre, enfin celle que vous attendez, peut-être que je la connais ?

Clarence lui tendit la photo de Dora. A peine y eut-il jeté les yeux que le barman s'écria :

— C'est Dora ! Dora-la-Carpe...

Puis, regardant Bredford avec autant d'étonnement que de tristesse.

— C'est pas vrai que ce soit elle que... ?

Avec la mine confuse de celui qui est terriblement épris, le policier soupira :

— Eh ! si... Vous l'avez vue ce soir ?

— Deux ou trois fois, avec des... Enfin, avec des amis... Ça m'étonnerait qu'elle repasse pas avant la fermeture... parce que c'est bien dans ses habitudes.

— Alors, je vais patienter encore un peu. Redonnez-moi un porto.

Lorsqu'il eut servi son client, le barman ne put s'empêcher de demander :

— Vous la connaissez depuis longtemps, Dora ?

— Pour être sincère, je ne l'ai jamais vue.

L'autre le regarda avec des yeux ronds.

— Vous me faites marcher ou quoi ? Vous m'avez parlé d'un rendez-vous ?

— Oui, mais elle n'est pas au courant !

Le barman, qui sentait la colère le gagner, examina son interlocuteur et, jugeant qu'il devait être complètement idiot, l'abandonna. Clarence en était à son quatrième porto, perdant un peu la notion du temps, lorsque le serveur revint à sa hauteur pour lui murmurer :

— Tenez... la voilà votre sweetheart...

Bredford se retourna et vit une fille d'allure assez banale, ni jolie ni laide, l'air quelque peu endormi et qui jetait sur les derniers consommateurs un regard désabusé. Le sergent détective la rejoignit.

— Miss Dora ?

Surprise, elle leva vers lui des yeux qui eussent été beaux s'il y avait eu la moindre flamme et, brusquement, elle se mit à bâiller.

— Excusez-moi, c'est nerveux... Qu'est-ce que vous me voulez ?

— Un monsieur qui voudrait vous rencontrer m'a envoyé vous chercher.

— Un monsieur ?

— George-Herbert Morgan.

— Je le connais pas.

— Qu'est-ce que cela fait ?

— Et lui, comment il me connaît ?

— Par une de vos amies... Phyllis Balebrook.

Du coup, elle parut tout à fait rassurée.

— Oh ! si c'est de la part de Phyllis, alors ça va !

Bredford comprit qu'elle ignorait tout de la mort de sa camarade et il se fit plus aimable.

— Vous m'accompagnez ?

— Où c'est qu'il m'attend votre Mr. Morgan ?

— A New Scotland Yard.

Sans laisser à la jeune femme le temps de se remettre du choc, Clarence passa son bras sous le sien et l'entraîna. Mais, arrivée sur le trottoir de Greek Street, Dora commença à regimber.

— Vous êtes un flic ?

— On ne peut rien vous cacher, à ce que je vois ?

— Mais j'ai rien fait !

— Je ne vous ai pas dit non plus que vous aviez fait quelque chose, ma jolie !

Il fit signe à un taxi, qui vint se ranger à quelques mètres du couple.

— Simplement un renseignement qu'on voudrait vous demander. Je suis bien sûr que vous ne refuserez pas de nous rendre ce petit service ? D'ailleurs, le contraire ne serait ni malin, ni prudent.

En fille qui sait l'intérêt qu'on a à être bien avec la police, Dora fit contre mauvaise fortune bon cœur. Elle se contenta de remarquer :

— J'irai lui dire ma façon de penser, à Phyllis !

Bredford ne crut pas utile de lui dire que si elle voulait rejoindre Phyllis Balebrook, elle aurait un rude voyage à faire. Au moment où, ayant aidé sa compagne à monter dans le taxi, il s'apprêtait à y grimper à son tour, un appel le figea sur place.

— Clarence !

Il se retourna pour voir Pearl qui, l'œil étincelant, le chapeau en bataille, fonçait sur lui. Elle était allée chez une amie pour lui conter les événements de cette soirée extraordinaire et elle rentrait chez elle, à pied, pour calmer son agitation, lorsqu'elle avait vu son fiancé sortir de *Chez Tim* au bras d'une fille. Et c'est sans doute ce qu'il appelait un travail où il n'y avait pas de place pour Pearl ? Dans ces conditions, la jeune femme préférait ne plus le revoir, car elle n'entendait pas faire sa vie avec un homme qui la trompait avant même de lui avoir demandé sa main. Sur le trottoir, les passants de Soho, qui retardaient le plus possible le moment de rentrer chez eux, s'agglroméraient autour du couple, enchantés de cette distraction inattendue et gratuite. Vexé, Clarence entendait Dora qui riait, dans le taxi, aux réflexions du chauffeur. Essayant de calmer Pearl, il lui jura précipitamment que la personne qui était avec lui se trouvait être un témoin qu'il emmenait au Yard et que, d'ici quelques heures, il la rejoindrait devant son magasin pour lui démontrer la tragique erreur qu'elle était en train de commettre et qu'elle aurait honte de ses soupçons injustifiés. Mais Pearl ne voulut rien entendre et, plantant là son amoureux, s'éloigna en protestant qu'elle ne voulait le revoir de sa vie.

CHAPITRE IV

« Fatty » Morgan ne s'ennuyait jamais quand il était sur une affaire. Il pouvait, pendant des jours, rester immobile dans son fauteuil, guettant les nouvelles qu'on lui apporterait, les coups de téléphone qu'on lui adresserait. Il était près d'une heure du matin et rien encore ne lui avait été signalé. Aucune importance, George-Herbert savait qu'il n'y avait rien d'autre à faire qu'à attendre.

Lorsque Clarence Bredford entra dans son bureau, poussant devant lui une jeune femme de mise un peu trop excentrique et dont le fard généreux ne parvenait pas à masquer la jeunesse, l'inspecteur-chef comprit que son adjoint avait retrouvé la mystérieuse Dora et qu'on tenait le premier maillon de la chaîne.

— La voilà...

Clarence fit asseoir sa compagne juste en face de Morgan, qui la regardait entre ses paupières mi-closes. Dora avait peur devant ce gros homme qui ressemblait au bouddha qu'elle voyait, tous les matins, dans la vitrine de Chouli, l'antiquaire de Wardour Street. Que lui voulait-on ? Elle était pourtant certaine de n'avoir pas agi contre la loi, enfin pas trop... Le jeune policier qui l'avait amenée était adossé à la porte et fumait une cigarette, semblant se désintéresser complètement de l'aventure. Elle aurait préféré qu'on la secouât, afin qu'elle pût crier pour soulager ses nerfs tendus, mais ce silence... Un sanglot lui noua la gorge. Elle avait peur.

— Nom ?

Le gros type avait murmuré plutôt que posé la question et elle ne réalisa pas tout de suite que c'était à elle qu'il s'adressait. Sur le même ton, sans le moindre soupçon d'énervement, il redemanda.

— Nom ?

Elle fit un effort pour répondre, mais ne put complètement maîtriser le tremblement de sa voix.

— Dora Carpenter.

— Adresse ?

— Pulteneys Street 75.

— Profession ?

Elle hésita, gênée par ce regard collé sur elle.

— Modèle.

Il ne la quittait pas des yeux, inspectant sa robe, son manteau, son chapeau, ses gants, son sac. Elle devina ce qu'il pensait et, très vite, elle ajouta :

— J'ai un ami.

— Un ?

Elle rougit, mais convint :

— Il m'arrive d'en changer.

— Bien sûr... Age ?

— Vingt-trois ans.

Elle avait l'air d'une brave gosse, au fond. Savoir toute la suite d'échecs, de malchances, de sottises qui l'avait amenée à faire ce triste métier ? Fatty Morgan, tout en l'examinant, songeait qu'il pourrait avoir une fille de cet âge, et il sentit une énorme colère monter en lui contre cette société qu'il défendait et qui n'était pas capable d'empêcher des gamines de vingt-trois ans de glisser au trottoir. Elle, elle voyait bien que le gros bonhomme n'était pas content. Alors elle risqua la vieille excuse :

— J'ai pas eu de chance...

Et c'était sans doute vrai. Phyllis non plus n'avait pas eu de chance. Elles s'imaginent toutes qu'on peut s'en tirer dans cette chienne de vie, sans travailler, sans en baver, uniquement parce qu'elles ne sont pas vilaines et pas trop mal faites, et puis, un soir, on les trouve dans une chambre sordide, égorgées comme des bêtes. Les imbéciles ! Mais, à quoi bon leur expliquer ? Elles ne comprendraient pas davantage ce que des générations et des générations de filles folles n'avaient compris avant elles.

— Vous connaissez Phyllis Balebrook ?

— C'est ma meilleure amie !

— Quand l'avez-vous vue pour la dernière fois ?

Ce n'était pas normal qu'on lui posât une pareille question. Phyllis s'était sûrement flanquée dans le pétrin. Elle ne voulait pas l'enfoncer un peu plus, mais, d'un autre côté...

— Quand l'avez-vous vue pour la dernière fois ?

— Hier soir, vers six heures.

Elle avait de nouveau très peur. Elle redoutait que, d'un instant à l'autre, un filet invisible ne s'abattît sur elle et ne l'emprisonnât de ses mailles.

— Elle ne vous a pas paru inquiète ?

— Inquiète ? Oh ! non ! C'était même tout le contraire !

— Expliquez !

— Elle m'a montré une liasse de billets... Il y en avait pour cent livres, je crois.

— D'où venait cet argent ?

— Un homme... Elle m'a même dit que les hommes étaient tellement bêtes qu'on pouvait leur prendre tout l'argent qu'on voulait, si l'on savait y faire.

— Elle se trompait.

— Ah ?

Dora ne voyait toujours pas à quoi rimaient toutes ces questions. Peut-être que le type qui avait donné toute cette galette à Phyllis avait porté plainte ? Oui, mais, dans ce cas, ce ne sont pas les détectives de Scotland Yard qui s'en seraient occupés ? Miss Carpenter avait beau n'être pas très futée, elle savait quand même que les inspecteurs du C.I.D. ne se dérangent que pour des trucs graves. Qu'est-ce qu'elle avait bien pu faire, Phyllis ?

— Elle ne vous a pas confié le nom de ce généreux donateur ?

— Non... et puis, je ne le lui ai pas demandé !

— Pourquoi ? Cent livres, c'est une somme, non ?

Evidemment que cent livres c'est une somme ! Jamais Dora n'avait possédé une pareille fortune, et elle se souvenait bien qu'elle avait eu un pincement au cœur en voyant tout cet argent dans les mains de son amie. Ce n'est pas à elle que des coups pareils arriveraient ! Mais elle n'avait pas osé demander à Phyllis de lui donner quelques billets. Ce sont là des choses qui ne se font pas, surtout que Phyllis — elle en était persuadée — ne la laisserait pas tomber.

— Alors, pour quelles raisons ne lui avez-vous pas réclamé des explications ?

— Ce n'était pas le moment !

— Vraiment ? Pourquoi ?

Toujours ces pourquoi ! Est-ce qu'on sait, le plus souvent, pour quels motifs on agit comme ça ou autrement ? Ce gros-là, est-ce qu'il réfléchissait sans cesse avant de se décider d'une façon ou d'une autre ?

— Parce qu'elle était trop heureuse pour que j'aille l'embêter !

— Heureuse, à cause de cet argent, j'imagine ?

— Et puis à cause de son billet du Sweepstake.

— Quel billet ?

— Un autre type qui lui a fait cadeau d'un dixième du Sweepstake qui se courait dans l'après-midi à Aintree.

— Et il lui a donné ce billet, comme ça, sans rien demander en échange ?

— C'est-à-dire que si le billet avait gagné, c'était entendu qu'il...

Elle s'arrêta brusquement, comme prise de pudeur.

— Qu'il... ?

Elle haussa les épaules. Il ne voulait tout de même pas qu'elle lui fasse un dessin ?

— Vous me comprenez bien...

— Et vous ne savez pas davantage le nom du monsieur du billet ?

—Non. Phyllis était pressée, elle attendait quelqu'un.

— Qui ?

— Son ami de chaque semaine, un vieux... et le temps lui durait parce que, aussitôt après, elle voulait aller voir si son cheval avait gagné.

— Et il a gagné ?

— J' sais pas, mais ça m'étonnerait. Parce qu'autrement, elle me l'aurait dit, vous pensez !

— Comment ça ? Vous aviez rendez-vous avec elle aujourd'hui ?

— Non, mais elle serait venue chez moi ou alors *Chez Tim*, dans Greek Street, où elle était sûre de me trouver.

De nouveau, le silence régna dans le bureau. Dora commençait à se demander si ces deux policiers ne se moquaient pas d'elle ? Il n'y aurait eu que le jeune, elle ne se serait pas trop fait de soucis, mais c'était le gros... et ces yeux au trois quarts fermés. Se serait-il endormi ? Elle n'osait presque plus respirer.

— Videz votre sac sur le bureau !

L'ordre la fit sursauter. La voix devint sèche, impérieuse.

— Vous avez entendu, oui ?

Elle se leva et, ayant ouvert son sac, le retourna devant le policier qui, avec une règle, en éparpilla le contenu : un mouchoir, un bâton de rouge, une clef, un stylomine, un billet d'une livre, deux billets de dix shillings, une demi-couronne et une demi-douzaine de pièces de six pence. Fatty Morgan s'empara du sac, le palpa, le flaira, l'examina sur toutes les coutures, puis le rendit à Dora.

— Reprenez tout ça !

La jeune femme était furieuse. Ce gros type la

traitait d'une manière qui la scandalisait. Evidemment, elle n'était pas une lady, mais quand même ! Elle ne voulait pas pleurer, parce que ça lui aurait fait plaisir, à cet éléphant hargneux ! Mais ce fut plus fort qu'elle, et une larme, roulant le long de sa joue, vint s'écraser sur le bureau. Du coup, elle n'osa plus relever la tête.

— Allons, remettez-vous, mon petit !

Elle fut tellement surprise qu'elle ne pensa plus à cacher son désarroi. Il n'était donc pas si mauvais qu'il en avait l'air ? Alors, peut-être pouvait-elle lui demander...

— Phyllis... qu'est-ce qu'elle a fait ?

— Elle n'a rien fait.

Elle poussa un soupir de soulagement. C'est vrai, elle aimait bien Phyllis Balebrook, et elle aurait eu beaucoup de peine si elle s'était mise dans de mauvais draps.

— C'est à elle qu'on a fait quelque chose.

Sans même qu'elle ait eu le temps de réfléchir à cette remarque, la panique l'empoigna. Elle cria :

— Quoi ? Qu'est-ce qu'on lui a fait ?

— On l'a assassinée et... vilainement.

Maintenant, elle pleurait à gros sanglots, ne se souciant pas des autres, ne pensant qu'à son amie qu'elle ne reverrait plus. Ils la laissèrent s'abandonner à son chagrin, mais Fatty Morgan ne la quittait pas du regard, pour être certain qu'elle ne jouait pas la comédie. Entre deux hoquets, elle s'enquit :

— C'est à cause de son argent ?

— Non...

— Alors... pourquoi ?

— Nous comptons sur vous pour nous aider à répondre à cette question, miss Carpenter.

Elle ? Que pourrait-elle apprendre aux policiers ? Elle ne savait rien, sinon que Phyllis aimait la vie facile et qu'elle était persuadée qu'un jour — lorsqu'elle se serait suffisamment amusée dans Soho — elle ferait un bon mariage et qu'elle deviendrait une excellente épouse. La mort parait, à ses yeux, sa camarade de qualités qu'elle n'avait jamais possédées. Peu à peu, Dora se calmait parce que, au fond, elle ne croyait pas tout à fait qu'elle ne verrait plus son amie. Personne ne pouvait avoir assassiné Phyllis qui, dans ses relations, n'avait que des gens qui l'aimaient bien.

— Vous m'avez dit que vous étiez venue voir miss Balebrook hier soir, vers dix-huit heures ?

— Oui, mais je ne suis pas restée longtemps. D'abord, parce que j'avais rendez-vous *Chez Tim*, à dix-huit heures trente...

— Avec qui ?

— Chris Hanlow, le peintre de Chelsea ; ensuite, parce que je savais que Mr. Moriss...

Elle se mordit les lèvres. George-Herbert sourit :

— Rassurez-vous, nous connaissons Stephen Moriss et ses liens avec la victime.

Dora préférait ça.

— ... Il devait venir à dix-huit heures trente.

— Vous ne pouvez pas vous rappeler combien de temps vous êtes restée chez votre camarade ?

— Pas plus de dix minutes, en tout cas.

— Et, en entrant ou en sortant de la maison, vous n'avez remarqué personne dont l'allure vous ait paru insolite... bizarre ?

— Ma foi...

Fronçant les sourcils dans un effort de réflexion, miss Carpenter faisait tout son possible pour essayer de se souvenir. Une sorte de résolution farouche avait remplacé son désarroi. Elle voulait qu'on attrape l'assassin de Phyllis et qu'on le pende. Elle devait à la mémoire de son amie d'aider la police dans la mesure de ses moyens. Peut-être avait-elle croisé le meurtrier ? A cette idée, une sueur froide lui mouilla les tempes. George-Herbert l'épiait, comme s'il suivait le déroulement des pensées de la jeune femme. Doucement, il insista :

— Vous allez nous donner un coup de main pour venger Phyllis Balebrook, n'est-ce pas ?

Crispée, nerveuse, elle cria plutôt qu'elle ne dit :

— Je voudrais ! Oh ! comme je voudrais !

— Détendez-vous, dans ce cas. Fermez les yeux. Il est dix-huit heures... hier soir... vous arrivez devant la maison...

Bercée par la voix complice, Dora enchaîna :

— ... Je rentre et, au moment de commencer à monter l'escalier, je m'efface pour laisser passer un monsieur...

— Un monsieur ou... un homme ?

— Un monsieur, avec des lunettes, l'air pas aimable... Il a porté la main à son chapeau, comme pour me saluer sans rien dire... mais je ne pense pas que...

— Chut !... Continuez. Vous entrez chez miss Balebrook... elle vous fait part de sa joie... vous repartez parce qu'on vous attend *Chez Tim*... vous descendez l'escalier... Vite ou lentement ?

— Vite... Si vite même que j'ai manqué rentrer tête baissée dans un homme qui montait, engoncé dans un pardessus sombre, avec un foulard qui lui montait presque jusqu'aux yeux...

— A quel étage ?

— Troisième ou quatrième, je ne me souviens plus...

— Vous ne vous rappelez rien de cet homme ?

— Non... Ah si ! Attendez... il sifflait !

Fatty Morgan, qui se laissait rarement démonter, fut quand même étonné.

— Il sifflait ?

— Enfin, je veux dire qu'en passant près de lui, j'ai entendu qu'il sifflotait entre ses dents, comme quand on pense à autre chose.

— Est-ce que vous vous rappelez ce qu'il sifflotait ?

— Je n'ai pas fait attention...

— Faites un effort... Un air connu ?

— Franchement... maintenant, il me semble que j'y ai trouvé une allure familière à cette musique... Oui... c'est ça ! Je l'ai entendue... Oh ! mais il y a longtemps... dans le Devon où j'ai été élevée...

— Comment s'appelle-t-elle, cette chanson ?

— Je peux pas vous le dire... mais je vais essayer de me rappeler...

George-Herbert se leva.

— Ne vous crispez pas, surtout. Rentrez chez vous. Essayez de dormir tranquillement. Demain, vous repenserez à votre enfance et peut-être que l'air vous reviendra... Dans ce cas, venez tout de suite me trouver. Vous demanderez l'inspecteur-chef Morgan.

Dora était si heureuse de s'en aller, qu'elle promit tout ce qu'on voulut et, quand elle se retrouva dehors, elle eut le sentiment d'être devenue quelqu'un de très important.

Tout ce sang... Depuis plus de vingt-quatre heures qu'il errait à l'aventure, pareil à une bête pourchassée, Stephen Moriss ne parvenait pas à l'oublier. Jamais il ne se serait figuré qu'une aussi mince jeune femme pouvait avoir autant de sang dans le corps. Ça ne s'arrêtait pas de couler. Il s'était sauvé comme un fou devant cette marée rouge. Droit devant lui. Il avait marché, marché tout le soir, toute la nuit, tout le jour suivant. Il ne se souvenait plus des endroits par où il avait passé. Peut-être même ne les avait-il pas vus. Il avait marché, c'est tout ce qu'il se rappelait. Il avait marché, changeant de trottoir, passant dans une autre rue chaque fois qu'il apercevait la silhouette d'un policeman. Il lui semblait qu'il était couvert de sang et, machinalement, tout en marchant, il essayait d'effacer, avec sa manche, des taches imaginaires. Epuisé, n'ayant rien bu ni mangé depuis près de trente heures, il n'en pouvait plus. Accroupi dans un hangar de Blackwall Basin, dans les docks, où il était arrivé sans trop savoir comment, il sommeillait, abruti de fatigue. Torpeur fiévreuse, secouée de cauchemars où toujours réapparaissait ce sang qui, du lit, coulait sur le plancher. La sirène d'un navire remontant la Tamise arracha Moriss à ses songes angoissants. Recroquevillé sur lui-même, il essayait de ne pas trembler de froid. Et il avait tellement peur... Les « bobbies » ne tarderaient sûrement pas à le dénicher. Que pouvait-il faire d'autre que pleurer ? Habitué à vivre depuis si longtemps avec sa femme, il ne savait plus prendre de décision seul. C'est vers elle qu'il aurait dû aller et tout lui avouer. Sûrement, qu'elle aurait compris, parce qu'elle savait qu'il n'était pas un méchant homme et que cette petite Phyllis lui avait fait perdre la raison. Elle l'aurait défendu contre les autres, contre tous les autres. Savoir ce que pensaient Longhins, et Larson, et Healey et Mr. Morgan... Sans doute était-ce lui le moins surpris, car son métier le plaçait tous les jours en face d'histoires aussi répugnantes. Il aurait dû se rendre au Yard, en quittant la maison de Phyllis, et demander l'inspecteur-chef. Peut-être que, lui aussi, il aurait deviné. Avait-on découvert le corps de Phyllis ? Le sang continuait-il à couler ? Si les journaux étaient au courant, tout Sutton Street devait regarder les fenêtres fermées de l'appartement où Gladys se demandait comment elle avait pu vivre tant d'années auprès d'un homme qu'elle découvrait sous un jour affreux... Elle ne s'en remettrait jamais, la malheureuse... Sûrement, sa famille romprait avec elle. Le scandale effraie toujours. Qu'est-ce qu'elle deviendrait ? Où prendrait-elle l'argent pour manger, se loger, se chauffer ? Ah ! ne plus penser... dormir... dormir... Stephen entendait, à travers sa fièvre, le clapotis de l'eau du bassin qui susurrait comme une invite. Là, étaient l'oubli, le sommeil. S'il avait le courage, ce ne serait qu'un mauvais moment à passer et puis, après, ce que les autres pourraient faire, il s'en moquerait bien ! Il sortit du hangar et gagna le quai de la Tamise en prenant soin de se tenir à l'écart des lumières. La grande fraîcheur du fleuve lui sauta au visage et il recula.

Mrs. Moriss n'avait pas sommeil. Elle attendait. Elle n'essayait ni de comprendre, ni de deviner ce qui avait pu se passer chez Phyllis Balebrook. Si elle en voulait à son mari, ce n'était pas de l'avoir trompée, mais de n'avoir pas eu assez de confiance en elle pour revenir lui demander son aide. On traquait Stephen. Toutes les forces de la loi étaient lancées à sa poursuite et elle ne pouvait pas l'aider. C'était cela sa plus grande peine. A quoi bon ne s'être pas quittés, pendant des années et des années si, au moment du coup dur, on n'était plus ensemble ? Gladys Moriss sentait un obscur sentiment de culpabilité l'envahir. Il y avait quelque chose qui avait cloché dans leur ménage pour que Stephen soit allé ailleurs. Elle croyait pourtant bien qu'il était heureux et si elle avait pu se tromper sur le comportement de son vieil époux, qu'est-ce que les autres pourraient y comprendre ? Chaque bruit de pas dans la rue la faisait sursauter et, tendue, elle guettait jusqu'à ce que le passant se soit éloigné de la maison. Alors, elle soupirait et rentrait dans son immobilité attentive.

Mrs. Moriss avait entendu sonner toutes les heures de la nuit, puis une aube terne, sale, commença à poindre par-dessus le toit de l'immeuble d'en face. Elle se leva pour éteindre la lumière et retourna s'asseoir. Où se trouvait Stephen ? Elle eut un gémissement à l'idée qu'il avait pu se jeter dans le fleuve. Non, quand même, il ne lui aurait pas fait une chose pareille ! La rue s'éveillait dans la rumeur d'une énorme ville qui brille et s'étire. Un grondement sourd venait de l'Est et semblait s'étendre comme une inondation. Le raclement et les heurts des boîtes à ordures mettaient des notes plus brutales dans cette symphonie matinale, où, les unes après les autres, les activités humaines reprenaient leurs places. Stephen n'était pas revenu, et il ne reviendrait pas de la journée. Il fallait attendre la prochaine nuit. Gladys commença alors à sentir la fatigue. Elle gagna la cuisine pour se faire un peu de thé, mais en songeant qu'elle devrait le prendre seule, que pour la deuxième fois depuis quarante ans, elle ne verrait pas Stephen manger les toasts qu'elle aurait fait griller, son appétit s'envola et elle se rassit sur sa chaise, calculant le tas d'heures amoncelées devant elle, jusqu'à ce que surgissent les premières lumières électriques dans Sutton Street et qu'elle puisse recommencer à épier le pas de Stephen rentrant chez lui.

Cromwell, bien qu'il fût clochard de son état, tenait à ses habitudes. Il pensait que sa dignité exigeait qu'il ne changeât rien aux rares principes sanctionnant son existence matérielle, et, tous les matins, en revenant du marché de Covent Garden où il avait déchargé des cageots de fruits et de légumes, il s'obligeait à aller prendre son dernier verre chez Longhins avant de goûter un sommeil réparateur dans le coin d'un garage, sous un porche ou — si le temps le permettait — sur la berge de la Tamise.

Longhins, de son côté, savait qu'en ouvrant ses volets pour procéder au nettoyage matinal, il verrait le clochard dressé au bord du trottoir, comme un héron sur la rive d'un ruisseau. Le propriétaire de *La Pomme de Pin* jurait par l'habitude, mais il aurait été déçu si, en sortant respirer l'air frais, il n'avait pas aperçu Cromwell. Naturellement, il rappelait avec force gestes que la loi lui interdisait de vendre la moindre boisson alcoolisée avant onze heures, mais cette scène aussi était un rite, car Longhins savait très bien qu'il servirait au clochard son verre de bière et Cromwell le savait aussi. Toutefois, comme il était respectueux des règlements, Longhins ne demandait pas d'argent à son hôte imposé, qui le payait en lui rapportant les dernières nouvelles de la nuit. Ce matin-là, il n'était pas question de parler d'autre chose que de la mort de Phyllis Balebrook. Appuyé au comptoir, tandis que le patron balayait, Cromwell donnait son avis :

— Cette petite, je la connaissais bien, comme vous tous, quoi... puisqu'au fond c'était la plus jolie fille du quartier... C'est chez vous qu'il a fait sa connaissance, le père Moriss ?

— Je ne pense pas... Elle avait servi chez eux comme bonne à tout faire.

Le clochard s'étrangla dans un rire mouillé.
— Bonne à tout faire, c'est le mot... Sacré Moriss... Les vieux, il leur vient de drôles d'idées !
— Vous n'en avez jamais de ces idées, vous ?
— Moi ? Ah ! là ! là ! j'aime mieux un verre de bière ou une assiette de soupe... Autrefois, j' dis pas, mais à présent...
— Moriss n'est pas vieux... enfin, ce qu'on appelle vieux. Dans les chemins de fer, on prend sa retraite de bonne heure.
— Ces fonctionnaires, ils me dégoûtent... Ils profitent de tout et puis, après, ils vont tuer des gosses de vingt ans !
— Pas tous... et puis, on n'est pas encore sûr que ce soit Moriss.
— En tout cas, il a les « bobbies » aux fesses ! On parlait que de ça à Covent Garden. Même qu'une patrouille est venue fouiller par chez nous... Il va voir ce que c'est que les flics, ce fonctionnaire !
— Et s'il est innocent ?
— Ça lui apprendra à vivre !
Le clochard vida avec conscience le fond de son verre, s'essuya les lèvres du dos de la main.
— Et maintenant, à la dorme !
Arrivé à la porte, il se retourna :
— Bien sûr que ça doit être moche de passer son cou dans le nœud à la place d'un autre... Mais, je l'aimais bien, moi, Phyllis... J'y faisais ses courses et elle me refilait toujours une pièce. Une brave fille... Mais j' suis tranquille, si Fatty Morgan veut mettre la main sur l'assassin, il l'y mettra... C'est un malin, le gros ! Allez, à ce soir, patron, et merci !
Du seuil, Longhins regardait s'éloigner Cromwell qui tirait la jambe. Quel âge pouvait-il avoir ? Cinquante ? soixante ? Le froid, la pluie, le soleil, la maladie, la faim, la boisson avaient buriné sa figure de telle façon qu'on ne savait plus guère à qui l'on avait affaire. John, qui aimait tant ses pantoufles, son thé bien chaud, les plats longuement mijotés, se demandait comment on pouvait prendre du plaisir

à vivre à la manière des bêtes sauvages et tout ça pour finir à l'hôpital et à la fosse commune. Il haussa les épaules, referma la porte, enleva le bec-de-cane et s'en alla rejoindre sa femme qui lui criait que son breakfast l'attendait.

Fatty Morgan, dans son studio, terminait la lecture de la lettre de remerciements à son aimable hôtesse de Nogent-sur-Vernisson et lui assurait que, dès le dimanche suivant, il mettrait toute sa science culinaire en œuvre pour tenter d'être digne de son charmant professeur. Comme tous les gros, George-Herbert était sentimental, et il passait facilement, insensiblement, de la courtoisie à la tendresse. Les dernières lignes de sa missive étaient presque un aveu d'amour dont sa correspondante ne s'offusquerait pas, sachant les pièges ouverts sous les pas des étrangers ignorant les finesses de notre langue. L'inspecteur-chef, à la vérité, avait besoin de ce dérivatif. Les quelques heures de repos qu'il avait prises ne lui avaient guère été profitables. Fatty ne dormait jamais bien, quand des soucis professionnels lui taraudaient l'esprit. Depuis vingt-cinq ans, il distinguait entre les affaires qu'il poursuivait avec la certitude de défendre les honnêtes gens, de sauvegarder une société dont il faisait partie et qu'il aimait et puis les affaires où, sans qu'il en eût pu donner les raisons profondes, il se sentait mauvaise conscience, champion d'une cause pas tellement juste. Dans ces cas-là, il accomplissait son devoir sans témoigner du moindre zèle. Plus vite c'était fini et plus vite il retrouvait son calme. Mais, le métier d'inspecteur-chef de Scotland Yard aurait été trop beau si l'on avait eu loisir de trier les crimes qui se présentaient, pour ne choisir que ceux ne heurtant point votre sensibilité de citoyen.

George-Herbert cacheta sa lettre, inscrivit l'adresse et un frémissement de plaisir lui courut le long des doigts en traçant le mot FRANCE car ce nom était, pour lui, synonyme de vacances, de bons repas, de gens affables rencontrés autour de tables judicieusement garnies où se célébraient, d'un bout de l'année à l'autre, les rites savants d'une très vieille religion à laquelle il avait la fierté d'avoir été initié. Le policier eut un soupir de commisération à l'adresse de ses compatriotes que l'ignorance et la tradition écartaient de ce qu'un journaliste français dans un livre qui était un des bréviaires de la gastronomie parisienne, appelait *Le plus doux des péchés* [1].

Fatty Morgan alla jeter un coup d'œil à la fenêtre, et le ciel londonien lui parut plus triste, plus gris encore du fait qu'il avait trop pensé au ciel de France. Il ne pleuvait pas, mais une sorte de bruine mouillait le pavé, le rendant glissant. Que pouvait bien faire Stephen Moriss en ce moment ? L'inspecteur-chef, brusquement rappelé à la réalité, en oublia ses souvenirs français. Stephen Moriss ne ressemblait pas à ces truands que le policier avait chassés tout au long de sa carrière. Et pourtant, s'il était prouvé qu'il avait tué, il serait conduit à la potence, parce que personne n'a le droit d'attenter à la vie d'autrui. Et cela était juste. Mrs. Moriss mourrait peut-être de chagrin et de honte, mais la loi ne peut pas se laisser arrêter par ces considérations particulières. Mrs. Moriss ne méritait pas plus son sort que ne l'avait mérité Phyllis Balebrook. L'une et l'autre étaient des victimes. En vérité, Stephen Moriss risquait d'être pendu pour avoir assassiné deux personnes. Voilà de quelle façon il fallait voir les choses. Mais tous les raisonnements du monde n'empêchaient pas que George-Herbert ne parvenait pas à considérer son partenaire au bridge sous les traits d'un meurtrier. Il l'aurait cru incapable de tordre le cou à un poulet. Le médecin légiste fixait la mort de Phyllis Balebrook vers dix-huit heures, c'est-à-dire au moment de la visite de son amie Dora. Cette dernière ne pouvait être la coupable, sinon elle eût emporté les cent livres sterling, et puis son chagrin réel... Non, tout classait ce meurtre dans la catégorie

(1) *Le plus doux des péchés,* R.-J. Courtine.

des crimes passionnels et, de gré ou de force, il fallait en revenir à Stephen Moriss. George-Herbert se secoua. Il était assez britannique pour s'incliner devant la réalité des faits. Quelle que soit sa peine, quand il aurait la certitude de la culpabilité de Moriss, il le mènerait devant les juges et viendrait déposer en son âme et conscience. Mais, tout en se rasant, il se félicitait de n'avoir jamais été la victime de ces orages du cœur qui peuvent vous conduire sur de pareils chemins. Avec la cuisine française, Fatty Morgan avait adopté ce scepticisme voltairien des gens d'outre-Manche. Qui se douterait que l'Angleterre, figée dans ses traditions, soumise aux règles étroites du « self control », demeure le pays des illusions tenaces ?

Clarence Bredfort ne pensait guère à Stephen Moriss qui, pour lui, ne se distinguait pas des hors-la-loi qu'il poursuivait depuis dix ans bientôt. Ce qui importait essentiellement, ce matin-là, au sergent détective, c'était de faire cesser le malentendu entre Pearl et lui. Aussi dès l'ouverture des magasins, il faisait les cent pas dans Burlington Arcade, devant la boutique de frivolités où Pearl était première vendeuse. Les employées, qui gagnaient leurs boutiques respectives, se poussaient du coude et riaient en se montrant Clarence, en qui elles devinaient un amoureux attendant sa bien-aimée. Si elles n'avaient pas été pressées par l'heure, elles seraient bien restées sur place pour voir qui était l'élue, car dans Burlington Arcade, toutes ces demoiselles se connaissaient. Bredford commençait à se faire du mauvais sang en ne voyant pas arriver Pearl. Un instant, il pensa qu'elle avait pu se suicider par déception. Il en fut vivement alarmé, en même temps qu'une bouffée de vanité, dont il eut tout de suite honte, lui montait au cerveau. Quand Pearl apparut, marchant à pas pressés, il lui sembla revivre. En l'apercevant, la jeune femme obliqua légèrement, de manière à le croiser ; mais Bredford, qui avait prévu la manœuvre, se déporta sur sa gauche, au moment où elle arrivait à sa hauteur, de façon à lui barrer le passage. Pearl prit la chose de très haut.

— Je vous en prie, monsieur !

— Pearl, il faut absolument que je vous parle !

— Je n'ai pas le temps... Je travaille, moi !

Le policier nota avec amertume la restriction de mauvaise foi quant à ses propres occupations.

— Votre travail est quand même moins important que notre bonheur, non ?

— Notre bonheur ?

Pearl ricana, comme elle avait entendu les grandes coquettes ricaner dans les théâtres de Drury Lane.

— Sans doute, votre petite amie d'hier soir vous a-t-elle déçu ?

Malgré toute sa bonne volonté, Clarence s'énervait. Il aimait beaucoup Pearl, mais il ne fallait pas qu'elle exagérât. Avec ce sens des nuances qui demeure l'apanage même des plus sottes, pourvu qu'elles vivent depuis assez longtemps dans une grande ville, la jeune femme comprit qu'elle avait été un peu loin.

— A moins que vous n'ayez des remords ?

C'était la porte ouverte aux explications, Bredford s'y rua et de telle façon, que trois quarts d'heure plus tard, sur un banc de Berkeley Square, Pearl et lui discutaient de l'endroit le plus opportun pour chercher un appartement dans Chelsea. Ils ne se séparèrent qu'après avoir pris rendez-vous pour le soir, Clarence ayant obtenu de sa compagne qu'elle lui permît de lui offrir à dîner pour recommencer la soirée de la veille et la mener, cette fois, à bon terme.

A peine installé dans son bureau, Fatty Morgan alerta tous ses sous-ordres pour savoir si l'on avait enfin des nouvelles de Stephen Moriss. Il apprit, avec quelque dépit, que la battue continuait, mais que le gibier n'avait pas encore été levé. La brigade de la Tamise n'avait pas de noyé à signaler et les gares de banlieue n'avaient pas remarqué de voyageurs correspondant au signalement diffusé. Une fois de plus, George-Herbert se répéta que si Moriss était l'auteur du meurtre, il ne pouvait avoir agi que dans un moment de folie, donc qu'il n'avait pas organisé sa fuite et que, par conséquent, il ne devait pas avoir suffisamment d'argent sur lui pour prendre un billet en direction d'un but lointain. Tout semblait concourir à démontrer que le fuyard se trouvait encore quelque part dans Londres ou sa proche banlieue. Il ne tarderait sûrement pas à se heurter à la patrouille ou au policeman qui lui mettraient la main au collet et l'amèneraient au Yard. A moins que le corps de Moriss soit déjà en train de pourrir quelque part, pendu à l'espagnolette d'une fenêtre, dans la chambre d'un hôtel miteux de Whitechapel, dont les patrons sont assez discrets pour ne pas déranger leurs locataires, soudainement invisibles, pendant deux ou trois jours. Mais, les rapports des garnis ne parlaient pas encore de suicidés ressemblant à Stephen. Attendre... attendre... attendre.

A la vue du visage souriant de son adjoint qui entrait, Fatty Morgan comprit que Pearl, l'ombrageuse, s'était laissée attendrir. Il en félicita Clarence, qui s'envola littéralement dans un éloge forcené du mariage, du foyer, de la paternité, de la maternité, de l'éducation des enfants et des travaux domestiques. George-Herbert assura courtoisement son cadet que le temps lui durait de faire la connaissance d'une personne qui déchaînait un pareil enthousiasme et qui semblait si largement mériter son nom de Pearl. Bredford assura que ce serait chose faite, sitôt que sa bien-aimée lui aurait officiellement accordé sa main. Il se proposait, si son supérieur, n'y voyait pas d'inconvénient, de les faire se rencontrer autour d'une bonne table. Morgan accepta, à condition qu'on lui laisserait le soin de choisir le restaurant qui serait le théâtre de ce grand événement.

Les deux policiers, abandonnant Pearl et l'avenir matrimonial de Bredford, se penchèrent sur le cas de Stephen Moriss sans, d'ailleurs, avancer d'un pas. Alors, guettant la sonnerie du téléphone qui leur apprendrait qu'on avait retrouvé le meurtrier ou son corps, ils s'occupèrent des dossiers en souffrance et usèrent leur matinée à écrire des rapports.

Comme chaque soir, Margaret Littlewist, caissière au cinéma *Triumph*, dans le Strand, attendait son fiancé Jack Larson devant les bureaux de l'agence Cook, dans Berkeley Street. Jack et Margaret vivaient des jours enchantés car, après de longues fiançailles qui s'étaient prolongées du fait de la modicité du traitement du jeune homme, la direction de l'agence Cook lui avait fait savoir, l'avant-veille, qu'il était enfin élevé d'un échelon dans la hiérarchie de la maison et que, dorénavant, ses émoluments lui permettraient de mener une existence décente en compagnie de sa femme. Cependant, Margaret refusait de quitter tout de suite sa place au *Triumph*. Plus pratique que son fiancé, elle savait qu'ils auraient besoin de beaucoup d'argent pour s'installer.

La main dans la main, ils remontèrent vers Marble Arch par Mount Street et North Audrey Street. De là, ils suivirent sans se presser Oxford Street jusqu'à Oxford Circus, Haymarket Street, gagnèrent le Strand. Au début de leur promenade, Margaret boudait un peu, car elle ne comprenait toujours pas pourquoi, l'avant-veille, Jack, pour la première fois depuis deux ans, n'avait pas voulu qu'elle vienne le chercher à son bureau et n'avait pas donné signe de vie de toute la soirée. Il lui avait expliqué, sans la convaincre, que son changement d'affectation l'avait contraint à des rangements qui le menèrent assez tard et que, de plus, il avait été obligé d'arroser sa nomination avec ses collègues. Pourtant, ce soir, c'était plutôt Larson qui avait l'air préoccupé, si bien que miss Littlewist décida d'abandonner son attitude d'offensée pour s'enquérir de ce qui pouvait troubler l'humeur de l'homme qu'elle aimait.

Larson essaya de répondre évasivement, mais Margaret était de caractère obstiné et elle le poussa tant et si bien qu'il finit par avouer que, la veille, il avait été mêlé à un événement des plus graves. Tout de suite, elle s'inquiéta :

— Un événement grave ? Que vous est-il arrivé, Jack ? Vous devez me le dire !

— J'aimerais vous tenir en dehors de cette sordide histoire, chérie. Elle ne vous concerne en rien et ne me touche que parce qu'un de mes amis y est enfoncé jusqu'au cou.

Ils entrèrent dans une maison de thé, ainsi qu'ils en avaient l'habitude, afin de demeurer encore quelque temps ensemble, avant que Margaret n'allât s'installer à sa caisse. Lorsque la serveuse, ayant pris leur commande, se fut retirée, la jeune fille revint à ce qui la préoccupait.

— Jack... je dois partager vos soucis et vos joies. Dites-moi, que s'est-il passé ?

Il comprit qu'elle s'obstinerait jusqu'à ce qu'elle obtienne satisfaction. Alors, il capitula, mais attendit qu'on leur ait servi le thé pour faire le récit succinct de ce qui s'était passé la veille à *La Pomme de Pin*. Margaret écoutait attentivement et poussa un petit cri d'effroi quand son fiancé lui apprit l'affreuse fin de Phyllis Balebrook.

— Vous connaissiez cette pauvre fille, Jack ?

— De vue, oui. Elle venait assez souvent à *La Pomme de Pin*, du moins, avant de se lier avec Moriss.

— Elle vous plaisait ?

— Mon Dieu ! elle n'était pas mal, si c'est ce que vous voulez dire.

— Mieux que moi ?

— Chérie ! Comment pouvez-vous me demander de faire des comparaisons pareilles ?

— Excusez-moi, Jack. Mais, voyez-vous, je ne me doutais pas que cette sirène fréquentât *La Pomme de Pin* et que des messieurs d'âge raisonnable puissent se laisser troubler au point de... de... Et Mrs. Moriss ?

— Je ne sais pas, Margaret. Mais elle doit être très malheureuse.

Ils burent leur thé. Larson devinait qu'il y avait quelque chose qui troublait sa compagne. Il lui prit la main.

— Chérie, vous comprenez pourquoi je ne tenais pas à vous raconter cette triste histoire ? Hier soir, nous étions tous anéantis. Nous nous imaginions connaître si bien Stephen Moriss ! Nous avons parlé, parlé jusqu'à ce que John Longhins nous ait mis dehors, et encore, j'ai reconduit Healey chez lui, tant nous avions d'hypothèses à discuter. Comment vous dire ? Nous nous sentions, en quelque sorte, atteints par la folie de notre ami... Il nous semblait que, peut-être, nous n'avions pas complètement fait notre devoir, que nous aurions dû deviner, le mettre en garde contre les risques qu'il courait. Stephen était un si brave homme !

Doucement, Margaret retira sa main de celle de son fiancé et, le regardant dans les yeux, elle lui demanda d'une voix tremblante :

— Jack, est-ce que vous êtes tous ainsi ?

— Ainsi ?

— Est-ce qu'il suffit qu'une jolie fille pas trop farouche vienne faire la coquette près de vous pour que vous oubliiez votre foyer, les années communes et que vous saccagiez tout ?

— Pas quand on a la chance de vous avoir pour épouse, chérie.

— C'est vrai ?

— C'est vrai !

Ce fut elle qui, cette fois, lui prit la main.

— Jack, vous me promettez qu'il n'y aura jamais rien de laid entre nous ?

— Je vous le promets, Margaret.

William Healey terminait sa journée très tôt, ne prenant pas de repos à midi, se contentant d'absorber à la hâte une tasse de thé qu'on lui servait sur un coin de son bureau. Ainsi, il pouvait quitter vers seize heures le magasin de fournitures pour joailliers dans Clerkenwell Road où il travaillait depuis vingt ans, afin de se livrer à des travaux supplémentaires lui permettant de faire face aux dépenses que lui imposait la santé de sa femme. Par hygiène, Healey s'imposait, quel que soit le temps, de gagner à pied la poissonnerie de Lower Thomas Street où Mrs. Jacobus Hobson l'attendait tous les soirs, à cinq heures, pour mettre de l'ordre dans sa comptabilité. De là, il s'en allait dîner dans un *Lyon's* d'Oxford Street, avant de se rendre à *La Pomme de Pin* pour y terminer sa soirée, étant passé, sans émoi et en homme pratique, des bijoux aux poissons qui — l'odeur de ces derniers mise à part — n'étaient pour lui que des chiffres dont il aimait, depuis toujours les sévères alignements et parmi lesquels, d'un coup d'œil vigilant et entraîné, il savait discerner la plus légère erreur, relever la plus bénigne irrégularité.

Mr. Jacobus Hobson par sa maigreur, l'étroitesse de ses vêtements strictement ajustés, la gravité de son visage de quaker, faisait penser à certains personnages de Dickens. Ce soir-là, il parut à Heady que son employeur se montrait, à son égard, moins aimable encore que de coutume. Healey savait qu'Hobson prisait, par-dessus tout, la ponctualité et mit son air renfrogné sur le fait qu'il ne lui avait pas encore pardonné son retard de l'avant-veille qui l'avait obligé à rester plus longtemps au magasin sans avoir pu, pour autant, achever sa tâche journalière. Il crut de bonne politique de revenir sur l'incident.

— Monsieur Hobson, si vous n'y voyez pas d'inconvénient, je ne partirai ce soir qu'après avoir mis vos livres complètement à jour ?

— Loin d'y voir un inconvénient, je vous en serai obligé, monsieur Healey. Je n'aime pas le retard dans le travail : c'est ainsi qu'une maison va à sa perte. Mon père, Josuah Hobson, me le répétait sans cesse, et après quarante ans d'exercice, donc d'expérience, je sais qu'il avait raison.

Tandis qu'Healey s'installait à sa table et ouvrait

les livres de compte, Mr Hobson le surveillait et l'expert-comptable se demandait ce que signifiait cette attitude. Au moment où il allait entamer sa première vérification, son patron se décida.

— Monsieur Healey... je suis très gêné... très choqué de vous dire cela, mais... j'ai reçu une lettre de Mrs. Healey, votre femme.

Le comptable, malgré son flegme, ne put dissimuler sa surprise.

— Amelia vous a écrit ? Mais pourquoi à vous ?

— C'est ce que je me suis demandé tout d'abord en recevant cette lettre... Et puis, elle m'explique qu'elle connaît mon sens de la respectabilité, mon attachement aux bonnes mœurs. Bref, Mrs. Healey me demande de la renseigner sur un point qui, tout à la fois, m'étonne et me scandalise. Monsieur Healey, excusez-moi de vous le dire aussi brutalement, votre femme n'a pas l'air convaincue de votre parfaite moralité.

— Quoi ?

— C'est son opinion que je vous livre, monsieur Healey, non la mienne. Mrs. Healey me prie de lui dire si, à ma connaissance, vous auriez, en son absence, contracté une... ou plutôt un attachement illégal ?

— Amelia est folle !

— C'est peut-être un peu exagéré, mais il est évident qu'elle me paraît très inquiète. Quoi qu'il en soit, je lui ai répondu qu'à mon avis vous étiez un homme parfaitement honorable. D'ailleurs, s'il en était autrement, vous ne travailleriez pas chez moi.

— Amelia a toujours été jalouse et sa maladie semble avoir exaspéré ce défaut. Son éloignement obligé fait travailler son imagination. Heureusement qu'elle sort dans quinze jours, mais la vie en sa compagnie ne sera pas facile.

— Je m'en doute. Mais vous êtes homme de devoir, monsieur Healey, et vous avez promis... pour le meilleur et pour le pire.

De nouveau, les docks avaient retrouvé leur semi-quiétude nocturne. Stephen Moriss ne tenait presque plus debout. La faim lui donnait des vertiges. Cela faisait maintenant cinquante heures qu'il n'avait rien pris. Brusquement, Moriss renonça à lutter. Seule brûlait encore en son esprit vacillant la flamme du passé. Il avait oublié Phyllis et sa gorge ouverte, les policiers qui le recherchaient et ne souhaitait plus qu'une chose : revoir Gladys, avant qu'on ne le jette en prison ; après, tout lui serait égal. Alors, il se redressa, serra son manteau contre lui et, d'un pas titubant, prit le chemin de sa maison.

CHAPITRE V

Chez Tim, Dora attendait qu'un ami entrât pour lui offrir un verre. D'habitude elle aimait bien cette heure où la nuit commençait : les gens pressés dans la rue, les lumières qui brillaient partout avec, çà et là, des flaques d'ombre où l'on pouvait imaginer qu'il se passait des choses qui donnent le frisson. Les filles de Londres ont gardé un souvenir horrifié et attendri de Jack l'Eventreur et elles se le transmettent de génération en génération. Mais ce soir, Dora ne se sentait pas en train. Elle avait pourtant bien dormi et n'avait eu qu'une courte séance chez le peintre de Chelsea qui la faisait poser nue pour personnifier la Tamise. Elle avait espéré que *Chez Tim,* en retrouvant une ambiance familière, elle retrouverait du même coup son allant, mais elle ne pouvait s'empêcher de penser à Phyllis. Pourquoi avait-on tué son amie ? Quel mal avait-elle fait et à qui ? Et quelle était donc cette chanson sifflotée par l'homme rencontré dans l'escalier ? Depuis son réveil, Dora essayait de se rappeler cet air qu'elle avait si souvent entendu dans sa jeunesse et avec lequel on la berçait quand elle ne voulait pas s'endormir ou dont on apaisait son chagrin lorsqu'elle s'était fait mal. Elle en avait la migraine. Le mieux était encore qu'elle rentrât se coucher : peut-être arriverait-elle à s'endormir très vite ? Mais elle savait bien que ce n'était pas vrai. Elle n'avait pas sommeil du tout et, quand elle serait enfermée dans sa chambre, le fantôme de Phyllis viendrait sûrement lui tenir compagnie. Brusquement, une idée éclata dans sa tête : et si l'homme se doutait qu'elle l'avait entendu, ne chercherait-il pas à la faire taire en l'assassinant à son tour ? Instinctivement, elle porta la main à sa gorge. Elle faillit crier en songeant au couteau dont les journaux avaient parlé. Non, non, même si elle parvenait à se souvenir de la chanson, elle ne dirait rien, elle le jurait ! Oui, mais, comment saurait-il qu'elle ne voulait pas parler ? Qu'elle n'irait pas à Scotland Yard ? Dora s'affolait. Il n'y avait plus d'échappatoire possible. Il fallait qu'elle se rappelle la chanson et qu'elle se dépêche d'aller en confier le titre au gros policier. Lui, il la protégerait. Elle croyait bien avoir vu, dans les films, qu'on gardait en prison des témoins à charge pour les défendre contre le meurtrier encore en liberté. Elle demanderait qu'on l'enfermât dans une cellule avec des barreaux solides et un flic devant la porte. Elle serait à l'abri, personne ne pourrait l'atteindre. Seulement, pour cela, elle devait d'abord trouver quelle était cette chanson, sinon les policiers ne voudraient pas la cacher, et l'autre qui venait déjà peut-être avec son couteau. Dora haletait dans l'effort qu'elle tentait pour essayer de faire remonter du fond de sa mémoire l'air jadis entendu. En vain. Un garçon désinvolte, qui entrait, lui lança :

— Vous prenez un verre, chérie ?

Mais elle lui jeta un regard si noir qu'il recula en s'excusant de son impair. Dieu ! qu'elle avait mal à la tête !... Des élancements douloureux lui vrillaient le crâne. Elle ferma les yeux et manqua hurler lorsque quelqu'un mit en marche la radio. Elle ne pouvait plus y tenir. Elle se leva et gagna le comptoir pour demander à Henry, le barman, s'il n'avait pas un comprimé d'aspirine. Elle était en train de boire sa gorgée d'eau lorsqu'elle demeura le bras en l'air, les yeux écarquillés, n'en croyant pas ses oreilles : la radio jouait l'air qu'elle cherchait ! Et, en même temps que la musique entrait en elle, les paroles se mirent à chanter dans son souvenir. Enfin ! Une joie énorme la dilatait. Elle était sauvée ! Elle n'aurait pas le sort de Phyllis ! Ça y était ! Ça y était ! Elle revoyait la brave femme qui l'avait élevée, là-bas dans le Devon. Maintenant, elle savait tout de cette vieille complainte, même le titre. Elle reposa son verre avec une telle force, que le barman se précipita :

— Qu'est-ce qui vous arrive, miss Dora ?

— Ça y est ! J'ai trouvé !

Il la regarda avec un étonnement mêlé d'inquiétude. Elle n'était pas ivre, au moins ? On ne voulait pas d'histoire *Chez Tim*.

— Trouvé... quoi ?

— Vous ne pouvez pas comprendre, Henry ! Dites-moi, quel est le plus court chemin pour se rendre d'ici à Scotland Yard ?

Henry ouvrit une bouche comme s'il s'était soudain mué en passe-boule. Le Yard ? Qu'est-ce qu'elle voulait aller faire au Yard, cette piquée ? Elle lui aurait demandé comment gagner, par le plus court, la caserne des Horse Guards qu'il n'aurait pas été plus surpris.

— Mais, miss Dora, à cette heure-ci, que voulez-vous...

— C'est mon secret ! Alors, vous me dites ?

— Eh bien ! je pense que par Charing Cross Road, Trafalgar Square et Whitehall, vous...

— Merci !

Elle se précipita vers la porte, bousculant un client qui entrait et qui la voua au diable. Le barman la rappela :

— Mais ils ne vous recevront pas, miss Dora !

La jeune femme eut un rire triomphal et, se retournant vers Henry, lui cria :

— Ils m'attendent !

Lorsque la nuit avait été bien noire, il s'était risqué hors de son abri pour avancer prudemment, attentif aux ombres, épiant tous les bruits. Cela faisait déjà un moment qu'il marchait, mais il se trouvait dans une sorte d'état second où il ne sentait plus son écrasante fatigue, uniquement obsédé par l'idée qu'il allait revoir Gladys et qu'elle saurait comment il devait agir. Il prendrait un bain, mangerait les toasts qu'elle lui ferait griller tout en savourant une bonne tasse de thé et puis il prendrait un bain chaud avant d'aller se coucher dans leur grand lit confortable et il dormirait... dormirait... dormirait...

Ayant traversé Poplar sans rencontrer âme qui vive, par West India Dock, il avait gagné et suivi l'interminable Commercial Road et s'était enfoncé, méfiant, dans Whitechapel. Il rejoignit Cornhill par des petites rues parallèles aux grandes artères. Il tourna autour de la banque d'Angleterre et plongea dans Cheapside. Il redoubla d'attention en passant devant Saint-Paul et fit un large détour pour atteindre Holborne Circus. Il hésita longtemps avant de se risquer dans les lumières de Chancery Lane et se perdit avec soulagement dans les ombres de Lincoln's Inn Fields. Mais il ne commença vraiment à respirer à l'aise que lorsqu'il eut franchi Kingsway. Néanmoins, se tenant aux aguets, il guettait le reflet d'un casque, l'éclat d'un bouton d'uniforme et s'enfonçait sous l'avancée d'une maison pour laisser passer le « bobby » effectuant sa tournée, ou bien attendait que le policeman de la circulation, à la sortie des spectacles, lui tournât le dos pour emprunter un passage clouté, avec cette hâte du provincial persuadé que les chauffeurs de la capitale se sont juré d'avoir sa peau. Au fur et à mesure qu'il approchait de Sutton Street, l'impatience lui faisait hâter le pas. Le col de son pardessus relevé, il donnait sans doute à ceux qui le croisaient l'impression d'un bon petit bourgeois se dépêchant de rentrer chez lui où sa famille l'attendait. Lorsqu'il déboucha dans Drury Lane, il faillit sangloter d'énervement et s'imposa de rester un long moment immobile pour retrouver sa maîtrise de soi. Quand il se remit en route, il était redevenu M. Moriss, le retraité des chemins de fer, correct, paisible, et qui n'aurait sûrement pas su qui pouvait être Phyllis Balebrook si on lui en avait parlé.

A l'angle de Charing Cross Road et de Sutton Street, il se colla contre un mur et attendit patiemment que le rythme de son cœur fût redevenu normal pour s'assurer, de loin, que sa maison n'était pas surveillée.

Pour ce dîner, tout à la fois de réconciliation et d'engagement, Clarence avait bien fait les choses. Après tout, on ne rencontre qu'une fois la femme de sa vie, ce qui, d'ailleurs, pour le trop tendre sergent détective, s'avérait parfaitement faux. Il avait emmené Pearl chez *Ivy*, dans West Street, restaurant où l'on avait l'occasion de voir des acteurs connus. Ce soir-là, Clarence n'était plus qu'un homme jeune et sérieux, prêt à s'engager définitivement dans la voie respectable du mariage et ne se souciant plus guère ni de Phyllis Balebrook, ni de Dora Carpenter — qu'il devait pourtant aller visiter le lendemain matin pour voir si la mémoire lui revenait — la première n'étant plus en état de retenir l'attention de qui que ce soit et la seconde ne pouvant espérer rivaliser avec Pearl, la future Mrs. Bredford.

C'était Clarence qui avait composé le menu. Car, de bonne foi, parce qu'il avait un chef particulièrement averti dans l'art du bien-manger, il s'imaginait être, lui aussi, un connaisseur. L'autorité dont il fit preuve auprès du maître d'hôtel impressionna favorablement Pearl, pas assez compétente pour s'offusquer des fautes énormes commises par son sweetheart et qui eussent fait s'étrangler d'indignation Fatty Morgan. Instruit par la douloureuse expérience de la veille, Bredford avait pris soin de ne pas indiquer à l'inspecteur où il comptait traiter son amie, se contentant de dire qu'il se rendrait à Soho ou dans Leicester Square selon l'inspiration du moment, de manière à être certain que Fatty Morgan ne lui gâcherait pas de nouveau sa soirée.

L'inspecteur-chef Morgan, que la vaine attente de nouvelles concernant Moriss commençait tout de même à exaspérer, avait décidé de ne plus penser à cette affaire jusqu'au lendemain et il s'était rendu à *La Pomme de Pin,* où il était arrivé en même temps que William Healey. Parce qu'il le fallait bien, on avait dit quelques mots du crime, mais sans trop insister, personne ne tenant à s'étendre beaucoup sur un sujet qui les chagrinait. Longhins avait pris la place ordinairement occupée par Moriss et, au début de la partie, il régna une certaine gêne, chacun des joueurs pensant à l'ami disparu.

Jusqu'à ce que Mrs. Longhins en eût terminé avec ses travaux ménagers, John, son mari, fut obligé de se lever sans cesse et de quitter la partie commencée pour aller servir les clients. Ces interruptions continuelles assombrirent un peu l'atmosphère, en rendant plus sensible encore l'absence du partenaire habituel. Healey, qui paraissait le plus nerveux, laissa très vite éclater sa mauvaise humeur.

— Ce n'est pas possible de continuer ainsi ! Il vaudrait mieux aller se coucher.

Le propriétaire de *La Pomme de Pin* réagit avec vigueur.

— Personne ne vous en empêche, monsieur Healey ! Je ne peux quand même pas chasser ma clientèle pour vous faire plaisir ? Ce n'est pas le bridge qui fera bouillir ma marmite et paiera mes impôts !

Healey, furieux d'être ainsi rabroué, se levait déjà lorsque Larson le retint.

— Allons, Healey, Longhins a raison, il doit d'abord faire son métier et vous le savez bien.

Morgan les observait. Ces hommes pondérés étaient bouleversés plus encore par la défaillance de l'un d'entre eux que par le crime lui-même. Ce qu'avait fait Stephen Moriss portait un coup sérieux à l'ordonnance du monde dans lequel ils avaient accoutumé de vivre. La respectabilité, la certitude que les autres étaient tels qu'ils les voyaient ou les imaginaient, constituaient le cadre immuable — du moins ils le pensaient — de la société où le hasard les avait placés. L'écroulement subit de leurs illusions les affolait en même temps qu'il les déroutait et leur désarroi se traduisait par une irritabilité anormale. George-Herbert intervint.

— Messieurs... Notre ami Longhins a la gentillesse de nous aider à nous distraire, ne lui reprochons pas de vaquer aux soins de sa maison et, surtout, ne lui faisons pas porter le poids de nos inquiétudes. Je comprends Mr. Healey et vous, monsieur Larson, que vous soyez démoralisés par le geste de Stephen Moriss, et vos réactions se comprennent parce que vous travaillez l'un et l'autre dans des milieux paisibles et honnêtes. Si, comme moi, vous étiez quotidiennement en contact avec toutes les misères de Londres, rien ne vous surprendrait plus. L'homme est ce qu'il est et il faut l'accepter comme tel, ni nos plaintes, ni nos colères n'y changeront rien. Je demande deux piques !

Hargneux, Healey réclama trois cœurs et Longhins passa, de même que Larson. Mrs. Longhins étant venue remplacer son mari au comptoir, les quatre amis purent continuer leur partie sans interruption nouvelle. Lorsqu'il eut rempli son contrat avec une dextérité qui souleva des commentaires flatteurs, Mr. Healey recouvra sa bonne humeur. Longhins offrit une tournée de grogs et parce que c'était, sans doute, plus fort que lui, il profita de la suspension d'armes pour déclarer :

— Vous direz ce que vous voudrez, mais la vie c'est rudement moche. On joue aux cartes, on boit un verre et, pendant ce temps, une pauvre fille se fait égorger. Pendant ce temps, un brave type se transforme en assassin et prend un billet pour la potence.

Mrs. Longhins se mêla à la conversation pour faire chorus.

— Et cette malheureuse Mrs. Moriss, qui croyait pouvoir finir ses jours tranquillement, va être obligée de se mettre au travail, et qu'est-ce que vous pensez qu'elle peut trouver comme emploi à son âge ?

Cela répondait trop bien à leurs préoccupations pour qu'ils n'approuvassent point la femme du propriétaire de *La Pomme de Pin.* Morgan comprenait que, tous, ils mettraient beaucoup de temps à oublier cette histoire, si jamais ils parvenaient à l'oublier. Larson remarqua :

— Quand j'ai raconté tout ça à Margaret, elle a failli pleurer.

— Les femmes... grommela Healey, en haussant les épaules.

Mrs. Longhins n'aimait pas beaucoup Healey et elle releva vertement la remarque désobligeante pour son sexe.

— Les femmes, monsieur Healey, c'est toujours elles qui paient les pots cassés. Voulez-vous me dire en quoi elle est responsable de la folie de son mari, Mrs. Moriss ?

— Et qu'est-ce que vous en savez ? Des gens qui, apparemment, s'entendent bien, se détestent peut-être et ils sont rivés l'un à l'autre à cause de l'opinion. Alors, il peut arriver qu'il y en ait un qui éprouve l'envie de respirer un autre air !

— Avec Phyllis Balebrook ?

— Avec Phyllis Balebrook ou n'importe qui d'autre !

Visiblement indignée, Mrs. Longhins ne répliqua pas, afin de ne pas envenimer les choses. Elle se contenta de dire à Larson :

— Vous auriez mieux fait de ne rien raconter à votre fiancée, monsieur Larson, si vous voulez mon avis. Parce que ce ne sont pas des histoires pour les jeunes filles.

— Margaret et moi, nous nous sommes promis de ne jamais avoir de secrets l'un pour l'autre.

Healey ricana.

— Ça vous passera !

Ecœurée, Mrs. Longhins préféra aller se réfugier derrière le comptoir, car elle se connaissait et savait qu'elle pourrait se montrer grossière à l'égard de Mr. Healey. Morgan, lui aussi, avait été sur le point de reprendre Healey en lui donnant son opinion sur Mrs. Moriss, mais à quoi bon ? Tout le monde était au courant de l'existence pénible qu'Amelia Healey imposait à son mari, bien excusable de nourrir quelque amertume contre les femmes. Et puis, au fond, qu'est-ce que l'inspecteur-chef savait de la tendresse de Mrs. Moriss pour son époux ? Certes, elle avait l'air de l'aimer beaucoup, mais George-Herbert avait vu tant de comédiennes habiles parmi celles qu'on s'imaginait les plus simples, les plus naïves ! Il regrettait de n'avoir pas connu cette Phyllis Balebrook qui était à l'origine du drame.

— Elle était vraiment si jolie fille que cela, Phyllis Balebrook ?

Larson approuva avec enthousiasme. Longhins, plus calme, reconnut qu'elle pouvait passer pour une belle personne : mince, nerveuse, avec de grands yeux et un caractère enjoué qui la rendait toujours aimable. Elle venait souvent à *La Pomme de Pin,* mais ne s'y arrêtait guère, juste le temps de boire un verre sur le comptoir. On ne savait pas trop ce qu'elle faisait, mais personne ne s'en inquiétait. En tout cas, au café, elle se tenait bien et on ne l'y avait jamais vue avec un homme. Elle donnait l'impression d'une gosse honnête, un peu écervelée peut-être, mais sympathique.

Morgan se tourna vers Healey.

— C'est aussi votre avis?

— Je n'ai pas d'avis, monsieur Morgan. J'aime mieux jouer aux cartes ou vider une bouteille de bière que de m'occuper des femmes. Cette Phyllis Balebrook, je ne me la rappelle même pas. D'ailleurs, je ne suis pas certain de l'avoir jamais rencontrée. Sans doute nos heures de présence à *La Pomme de Pin* ne coïncidaient-elles pas ?

Et comme John Longhins le regardait avec quelque étonnement, il ajouta :

— Alors... on joue ou l'on ne joue pas ?

Pendant que Larson distribuait les cartes, l'inspecteur-chef conclut :

— De toute façon nous ne serons fixés sur Phyllis Balebrook que lorsque nous aurons retrouvé Moriss.

Au moment où elle s'apprêtait à entrer dans Scotland Yard, Dora se heurta au policeman qui en gardait la porte.

— Où allez-vous, miss ?

— Voir l'inspecteur Morgan.

— A cette heure-ci ? Vous avez une convocation ?

— Non, mais...

— Alors, revenez demain matin.

— Il faut absolument que je le voie tout de suite !

— Dans ce cas, il vous faudra le chercher dans Londres, car il est parti depuis un bon moment.

— Il est parti ?

Dora n'avait pas prévu ce contretemps et la peur la reprit. Il fallait qu'elle confie ce qu'elle savait au policier pourtant, avant que le meurtrier ne la rejoignît. Les larmes lui vinrent aux yeux.

— Vraiment, vous ne savez pas où il est ?

— Il n'a pas jugé bon de me le confier, miss.

L'ironie de ce flic l'exaspérait. Il s'en fichait lui, bien sûr, qu'elle soit en danger de mort ! Elle murmura :

— Monsieur, il faut me croire : quelqu'un veut me tuer.

— Sans blague ? Une si charmante fille ! Un amoureux jaloux, sans doute ?

— Non... un assassin !

— Oh ! oh ! Et comment savez-vous qu'il en veut à votre vie ?

— Parce que je le connais... ou du moins parce que je crois le connaître.

Le policeman rit. C'était un garçon costaud que

cette conversation amusait, parce qu'elle le distrayait de sa garde fastidieuse.

— Vous lisez trop bien les journaux, miss.

— Puisque je vous dis que j'ai besoin d'être protégée !

— Eh ! si vous voulez me dire où je puis vous rejoindre, je me ferai un plaisir de vous prendre sous ma protection dès qu'on m'aura relevé.

Il n'y avait rien à faire. Désespérée, Dora songeait à cette nuit sans fin qui s'étalait devant elle, à cette longue nuit où l'Autre la chercherait pour lui faire ce qu'il avait fait à Phyllis. Comme dans les cauchemars, elle se heurtait à des incompréhensions monstrueuses, à des aveugles volontaires qui refusaient de voir la Mort s'approcher d'elle. Où aller ? Où se cacher en attendant le jour ? D'une pauvre petite voix, elle demanda timidement au « bobby » :

— Vous ne voudriez pas me mettre en prison ?

Ahuri, il la contempla un bon moment avant d'éclater de rire. Quand il reprit son souffle, il ne se rendit pas compte que l'angoisse tendait le visage de cette curieuse petite bonne femme.

— Prendriez-vous Scotland Yard pour un hôtel, miss ?

A quoi bon insister ? Ah ! si seulement elle s'était souvenu plus tôt de la chanson ! Comment avait-elle pu ne pas se rappeler tout de suite cet air qu'elle avait entendu fredonner pendant toute son enfance dans le Devon... Sans plus faire attention à rien, elle se mit à chantonner la vieille complainte :

... Où trouver l'égal de mon Johnny...
Il est si gai, si aimable et si beau !

Le policeman la trouvait amusante comme tout.

— Ça va mieux, à ce que je vois ? On reprend goût à la vie ! Vous savez, foi de Sam O'Kelly, vous pourriez trouver aussi bien que votre Johnny... Si je savais où vous retrouver d'ici une heure et demie, deux heures, je vous paierais bien un verre. Je suis célibataire et c'est triste d'être seul.

Elle le regarda. Il avait l'air terriblement fort. Peut-être que si ce gaillard restait à ses côtés, l'Autre n'oserait pas l'attaquer ?

— Je serai *Chez Tim*, dans Greek Street... Vous voyez où c'est ?

— Et comment ! Vous pouvez compter sur moi !

— Je vous attendrai... mais si jamais vous rencontriez Mr. Morgan, dites-lui que je connais la chanson.

Sam eut un rire complice.

— Je m'en doute, baby, mais confidence pour confidence, lui aussi il connaît la chansonnette. Allez, sauvez-vous vite, parce que, si jamais, une « huile » passait et qu'on me voie en train de bavarder... vous saisissez ? A tout à l'heure, *Chez Tim*, le temps me dure de me faire une opinion sur la couleur de vos yeux...

Ecoutant le pas de la petite remontant White-hall, Sam O'Kelly, de Belfast, redressait le torse en garçon habitué aux bonnes fortunes. Il ne se doutait absolument pas qu'il ne saurait jamais quelle était la couleur des yeux de Dora Carpenter.

Collé contre le mur dont il tâtait les rugosités comme s'il le caressait, Stephen Moriss respirait à petits coups pressés. Plusieurs fois déjà il avait été sur le point de s'élancer pour courir en direction de sa demeure. D'où il était, il pouvait — en se penchant un peu — apercevoir la lumière filtrant à travers les volets de son appartement. Sa femme l'attendait. Il en eut le cœur réchauffé. Sans se préoccuper de ce qui pourrait se passer ensuite, il n'avait qu'une envie : goûter une fois encore l'atmosphère de son home, prendre Gladys dans ses bras et respirer sur elle son odeur de savon parfumé à la lavande d'Ecosse. Il attendit qu'un groupe de passants se soient éloignés et, à petits pas précautionneux, se mit à dériver lentement vers sa maison.

Bob Flahan et Gilbert Meredith comptaient déjà bien des années de service dans les rangs de la police londonienne. Sans autre ambition que d'atteindre l'âge de la retraite en évitant les histoires, on les mettait souvent en équipe car ils se connaissaient depuis leurs débuts ou presque et se complétaient parfaitement. On leur confiait des missions où la patience jouait le premier rôle. N'ayant plus l'impétuosité de la jeunesse, ils ne forçaient jamais leur imagination pour deviner, sous la réalité quotidienne, les prémices de l'aventure. Ils prenaient les choses pour ce qu'elles étaient et comme elles venaient. C'était la deuxième nuit qu'ils passaient dans Sutton Street, attendant l'hypothétique retour d'un assassin qui aurait le sens de la famille poussé à un haut degré. A dire vrai, ils étaient l'un et l'autre beaucoup plus préoccupés de leurs soucis particuliers — les rhumatismes déformants de Mrs. Flahan et l'examen de secrétaire que devait subir miss Gloria Meredith — que de guetter l'arrivée de Stephen Moriss. Cependant, même quand ils discutaient de leurs petites affaires, leur vieil instinct veillait et sans avoir l'air d'y prendre garde, leur œil notait tout ce qui pouvait survenir d'insolite dans la rue qu'ils surveillaient. Bob Flahan parlait de la cure nouvelle que le médecin recommandait pour Mrs. Flahan lorsque son collègue lui mit vivement la main sur le bras. Aussitôt, il se tut et, obéissant à l'injonction muette qui lui était faite, il se dégagea légèrement du porche et distingua la silhouette de celui qui, de plage d'ombre en plage d'ombre, venait vers eux.

Dora passait du plus profond abattement à la résolution la plus farouche et regardait les passants qui la croisaient, tantôt comme une victime résignée, tantôt comme quelqu'un qui n'entendait pas succomber sans combattre jusqu'à la limite de ses forces. Elle avait pris le métro pour échapper à la solitude et pour se retrouver plus vite dans Soho où, étant chez elle, elle avait moins peur. En remontant Greek Street, elle s'entendit héler.

— Salut, miss Carpenter !

En toute autre occasion, Dora aurait été fort humiliée de se voir interpeller dans la rue par un clochard, mais, cette nuit, elle n'avait pas du tout envie de se montrer snob. Elle s'arrêta pour bavarder avec Cromwell qu'elle avait souvent rencontré chez Phyllis dont il faisait les courses. Se moquant de sa respectabilité, la jeune femme entraîna le clochard dans un pub pour lui offrir un verre. Cromwell fut aussi étonné que touché de cette générosité et suivit gaiement sa compagne. Leur entrée créa une certaine impression mais le couple n'en eut cure et lorsqu'il se fut assis à une table un peu écartée, Dora entreprit de conter ses angoisses au miséreux. Mais avant qu'elle n'ait commencé à lui expliquer les difficultés de sa situation, Cromwell tint à lui expimer ses condoléances pour la mort de son amie et à lui dire combien il espérait que l'assassin, une fois arrêté, serait durement traité par les juges d'Old Bailey. La jeune femme lui expliqua alors de quelle façon et pour quelles raisons elle avait été amenée à entrer en relations avec Scotland Yard et l'inspecteur-chef Morgan. Lorsque, sur une question précise de son vis-à-vis, Dora lui eut révélé quelle était la chanson dont elle s'était souvenue par l'intermédiaire de la radio, Cromwell but son verre d'un trait car, visiblement, il était fort ému.

— Ecoutez, miss. Je connais quelqu'un qui chantonne souvent cet air-là. Seulement, c'est pas croyable que ça soye lui qui aurait fait son affaire à miss Phyllis. Et puis, c'est une rengaine que beaucoup de gens fredonnent à Londres. Les provinciaux d'abord, qui viennent de là-bas.

— Qui c'est, celui que vous connaissez ?

— J'peux pas l'dire, ça s'rait pas correct. Surtout que j'vois pas l'rapport qui pourrait y avoir entre lui et votre défunte amie. J'veux pas qu'on m'flanque en tôle pour diffamation, hein ?

— Je ne le répéterai pas.

— Non, miss. Croyez-moi, vaut mieux pas, vous avez bien assez d'misère comme ça, sans aller vous mettre encore martel en tête.

Dora raconta son voyage inutile à Scotland Yard et la promesse du policeman de la rejoindre *Chez Tim*. Mais le clochard n'avait aucune confiance dans la parole des flics et il se dit convaincu que le policeman avait voulu plaisanter, qu'il ne viendrait pas au rendez-vous fixé par jeu. Il conseilla à sa compagne du moment de rentrer tout de suite chez elle, de s'y enfermer soigneusement et d'attendre le matin pour se rendre de nouveau au Yard. De son côté, il allait faire un tour à *La Pomme de Pin* et, s'il y voyait Mr. Morgan, il lui ferait part du désir de Dora de le rencontrer au plus tôt. Peut-être qu'alors il irait directement chez elle ou l'enverrait chercher.

— Il a votre adresse ?

— Oui, il l'a notée.

— Alors, vous en faites pas. Vous verrez que tout se passera bien.

Sur le trottoir de Greek Street, Dora serra la main de Cromwell, sans songer à la couche de crasse qui la gantait, mais parce qu'elle lui était reconnaissante de prendre son parti, et que le secret qu'elle lui avait confié créait entre eux des liens d'amitié.

Stephen Moriss ruisselait de sueur malgré la fraîcheur nocturne, tant il était crispé, tendu. Il lui fallut presque une demi-heure pour atteindre le seuil de sa maison. Ses mains tremblaient tellement qu'il mit un temps fou à introduire la clef dans la serrure. Au moment où il parvenait enfin à ouvrir, il sentit leur présence avant de les voir et réalisa que tout était fini, qu'il ne rentrerait pas chez lui, qu'il ne reverrait pas sa femme. Ils l'encadrèrent. Deux géants sortis silencieusement de l'ombre. Et Gladys, là-haut, qui attendait, ne se doutant de rien. Moriss leur jeta un bref coup d'œil. Leurs visages impassibles lui ôtaient toute espérance. Doucement, silencieusement, il se mit à pleurer. Bob Flahan demanda :

— Stephen Moriss ?

Il n'avait plus la force de répondre et se contenta

d'un signe de tête. Alors, Gilbert Meredith lui passa les menottes.

Associé à Longhins, Morgan était sorti vainqueur du match l'opposant à Healey et Larson. L'heure de la fermeture allait sonner. Pour se dégourdir les jambes, les quatre amis se levèrent, s'étirèrent en commentant la partie qui venait de s'achever. Mrs. Longhins était partie se coucher. Chacun annonça son intention d'en faire autant, sauf Fatty Morgan qui devait d'abord se rendre au Yard pour voir si, par hasard, on y avait reçu des nouvelles de Moriss. Le nom du fugitif, une fois encore lancé dans la conversation, y creusa d'abord un trou de silence, avant de susciter les réactions habituelles. Larson, qui semblait toujours prendre l'affaire le plus à cœur, déclara :

— Ce que je ne comprends pas, c'est que Moriss n'est, physiquement, pas très fort, tandis que Phyllis était une fille solide.

— Et alors ?

— Et alors, je ne la vois pas se laissant égorger sans se défendre.

Longhins intervint.

— Il faut croire qu'elle aura été frappée par surprise, parce que c'est vrai qu'elle était costaude, la petite. N'est-ce pas, monsieur Healey ?

— Je vous ai déjà dit que je ne me souvenais pas d'elle !

Healey intriguait Morgan. Visiblement, il mentait, mais pourquoi ? Est-ce la peur de sa femme, qui lui ferait une scène terrible si elle apprenait que son mari était mêlé — fût-ce de loin — à une histoire où une fille tenait le premier rôle ? Ah ! comme dans des cas pareils le policier se félicitait d'être resté célibataire !

Le propriétaire de *La Pomme de Pin* l'arracha à ses réflexions.

— A votre avis, monsieur Morgan, il n'y a aucune chance que Morris ne soit pas le coupable ?

— Impossible de vous dire quoi que ce soit tant

que je ne l'aurai pas interrogé ; mais s'il n'est pas coupable, pourquoi s'est-il enfui ?

Aucun ne répondit. Car tous, ils devinaient que leur réponse ne pourrait qu'accabler le disparu. Morgan était touché par leur gêne trop apparente. La fidélité en amitié est une chose si rare ! Il ne voulut pas les quitter sans un mot d'encouragement, si vague qu'il pût être.

— Tout de même, il y a un espoir... que ce ne soit pas Moriss, l'assassin.

Ils le regardaient avec avidité.

— Une amie de la victime, miss Dora Carpenter, que vous connaissez peut-être ?

— Moi, je la connais, affirma Larson.

Longhins écarta les bras, pour signifier qu'il ignorait tout de cette jeune personne, ne faisant pas partie de sa clientèle, et Healey ne réagit absolument pas, comme s'il n'avait pas entendu la question.

— Elle a rendu visite à son amie juste avant l'assassin et, dans l'escalier, elle a croisé un homme qui se camouflait, mais sifflotait entre ses dents une chanson qu'elle a cru reconnaître, mais dont elle ne se souvient pas pour le moment. Si la mémoire lui revient, nous pourrons interroger cet individu qui, notez-le, pouvait se rendre chez quelqu'un d'autre que Phyllis Balebrook, mais nous ne devons négliger aucune piste.

Ils n'eurent pas le temps de faire connaître leur opinion, car Cromwell qui entrait, lança un salut solennel à l'assistance, avant de s'adresser à Longhins.

— Un petit verre de gin, patron, avant d'aller à Covent Garden m'occuper du ravitaillement des Londoniens !

Pendant que le cabaretier passait derrière le comptoir, le clochard se tourna vers Fatty Morgan.

— Monsieur l'inspecteur, j'ai rencontré dans Greek Street quelqu'un qui vous cherchait et qui m'a chargé d'une commission pour vous, au cas où je vous verrais.

Sans doute, Cromwell voulait-il se faire offrir un

verre supplémentaire, et Morgan sourit de la grosse ruse du vieux.

— Vraiment ? Et qui donc ?

— Miss Dora Carpenter.

Du coup, l'atmosphère changea. Healey, Larson, Morgan s'avancèrent vers Cromwell que la policier interrogea durement.

— Où est-elle ?

— Chez elle, je suppose. Elle est allée au Yard, mais on l'a envoyée promener.

— Les imbéciles ! Vous savez ce qu'elle me voulait ?

— Vous donner le titre d'une chanson.

Dans le silence qui suivit, on entendit plus nettement le tic-tac de la pendule découpant le temps en tranches égales. George-Herbert fouillait fiévreusement ses poches.

— Damnation ! C'est Bredford qui a pris son adresse, car il doit aller la voir demain matin. Quelqu'un sait-il où elle habite ?

Personne n'était au courant.

— Et ce titre de chanson, elle vous l'a donné, Cromwell ?

L'hésitation du clochard n'échappa à personne.

— N... non.

La sonnerie du téléphone les fit tous sursauter. Longhins décrocha et, tout de suite, tendit l'appareil à l'inspecteur.

— Pour vous, monsieur Morgan.

Fatty, après s'être fait connaître, écouta ce qu'un correspondant lui exposait. Puis, ayant dit un merci très sec, il rendit lentement le téléphone au cabaretier et, d'une voix grave, s'adressant à ceux qui l'entouraient :

— On vient d'arrêter Stephen Morris au moment où il rentrait chez lui. Je file au Yard. Nous allons peut-être savoir la vérité ?

Sitôt que George-Herbert eut quitté la place, les autres donnèrent libre cours à leur émotion. A tous, il durait d'être au lendemain matin pour apprendre ce qu'aurait avoué Moriss. Healey attaqua Cromwell.

— Pourquoi n'avez-vous pas dit à Mr. Morgan que vous connaissiez le titre de la chanson dont miss Carpenter s'est souvenu ?

— Parce que je ne le sais pas ! Et puis, moi, j'suis pas un flic! A chacun son boulot ! Même que j'la connaîtrais cette chanson, que j'la dirais pas ! Je trahis pas, moi, vous entendez ? Je trahis pas !

La violence de Cromwell les étonna. Ils avaient le sentiment très net que le clochard avait peur, mais, de quoi ou de qui ?

Avant même de faire amener Stephen Moriss dans son bureau, Fatty Morgan alerta les services de nuit et donna l'ordre d'envoyer un inspecteur dans Soho et Leicester Square, de lui dire d'entrer dans tous les restaurants et dans toutes les boîtes pour y chercher le sergent détective Clarence Bredford, et de demander à ce dernier de téléphoner immédiatement à l'inspecteur-chef Morgan qui, au Yard, attendait son appel et l'attendrait toute la nuit, s'il le fallait.

CHAPITRE VI

Bien qu'il fût pressé d'entendre ce que Moriss pourrait dire afin d'expliquer sa fuite, sans se reconnaître, pour autant, coupable de meurtre sur la personne de Phyllis Balebrook, « Fatty » Morgan s'accordait encore un instant de répit. C'était la première fois qu'il était chargé de poursuivre un criminel qui, sans avoir été un ami véritable, avait pourtant compté dans ses relations quasi quotidiennes. Il est vrai que George-Herbert ne pouvait s'en prendre qu'à lui de ce désagrément, puisque c'était lui qui avait demandé à s'occuper de l'affaire. Mais, avec la sympathique mauvaise foi de ceux qui ont de la peine, le policier exhala, une fois de plus, sa colère contre ses partenaires de *La Pomme de Pin*, qui l'avaient lancé aux trousses de Stephen Moriss. Ayant donné sa part au passé et aux regrets, l'inspecteur-chef appuya sur le bouton rouge, à droite de son encrier, et s'apprêta à recevoir et à interroger Stephen Moriss, qui jouait si bien au bridge et risquait de ne plus jamais y jouer.

Dès qu'il fut entré, Morgan fut frappé de l'aspect de Moriss. Il le connaissait comme un homme d'âge mûr, mais c'était un vieillard qui s'avançait à pas hésitants vers son bureau et qu'on dut aider à s'asseoir. Le suspect regarda Fatty Morgan et dit, d'une voix brisée :

— Je suis heureux que ce soit vous, monsieur Morgan.

George-Herbert n'aimait pas ça du tout et pour vaincre tout de suite cette pitié fraternelle qu'il sentait le gagner et qui risquait de lui troubler le jugement, il tint à mettre les choses au point.

— Monsieur Moriss, je dois oublier que nous nous sommes connus, tant que vous ne m'aurez pas convaincu de votre innocence. Je souhaite que vous vous disculpiez ; mais, en attendant, veuillez considérer que je ne suis qu'un inspecteur du Yard interrogeant un suspect. Vos noms, prénoms et qualité ?

— Stephen, John, Clive Moriss, cinquante-neuf ans, retraité des chemins de fer où je fus mécanicien pendant trente années consécutives.

— Adresse ?

— Sutton Street, 7.

Le jeu commençait, ce jeu que Fatty Morgan avait si souvent mené et qui, ce soir, lui pesait.

— Stephen Moriss, conformément à la loi, je dois vous prévenir que tout ce que vous direz pourra être retenu contre vous.

Le prisonnier inclina la tête en signe d'approbation.

— Vous connaissiez Phyllis Balebrook ?

— Oui.

— Où l'aviez-vous rencontrée ?

— Elle avait été envoyée à ma femme par une agence de placement.

— Quels étaient vos liens avec cette fille ?

Moriss se mit à pleurer. George-Herbert avait horreur de ce genre de manifestation. Sa voix se fit plus rude, comme pour écarter toute émotion.

— Un peu tard pour pleurer... Etiez-vous, oui ou non, l'amant de Phyllis Balebrook ?

— Si l'on veut.

— Comment ça, si l'on veut ? Ne faites pas l'imbécile, Moriss, et répondez par oui ou par non !

— Alors... oui.

— Vous admettez l'avoir tuée ?

— Non.

Ce serait peut-être moins facile que le policier ne l'avait cru.

— Pourquoi vous êtes-vous enfui, dans ce cas ?

— Parce que j'ai eu peur.

— Peur ?

— J'ai perdu la tête, quoi !

— Mais vous avouez vous être rendu chez Phyllis Balebrook au moment de sa mort ?

— Oui.

— Quand vous êtes arrivé, elle était encore vivante ?

— Non.

Il paraissait sincère. Morgan l'examina longuement en silence. Puis, doucement, il demanda :

— Et si vous me racontiez votre aventure, Moriss ?

— Une triste aventure, monsieur l'inspecteur.

— Je m'en doute, car, dans ce bureau, on n'a guère l'habitude d'entendre des histoires gaies. Allez-y, je vous écoute.

Moriss prit sa respiration, comme le nageur qui, au bord du tremplin, s'apprête à piquer une tête.

— En trente-trois ans de mariage, je n'avais jamais trompé ma femme, et puis, cette petite Phyllis est arrivée... Comment vous expliquer ? Elle m'a aguiché. A cause d'elle, je me suis rendu compte, tout d'un coup, que mon existence n'avait peut-être pas été aussi heureuse que je me l'imaginais. Au début, elle m'a amusé, surtout. Elle riait, elle chantait. Elle vivait, alors que, Gladys et moi, nous étions en veilleuse. Je ne pensais à rien d'autre qu'à me chauffer à cette jeunesse. C'était un soleil dans ma vie un peu morne, un peu grise. J'aime bien Gladys, mais elle a vieilli comme moi et puis, elle n'a jamais été d'un caractère bien enjoué. Bref, un jour, j'ai proposé à Phyllis de l'emmener au cinéma et c'est de là que tout est parti.

— Tout... quoi ?

— On a pris l'habitude de sortir ensemble à chacun de ses après-midi de congé et... ce qui devait arriver est arrivé.

Toujours la même pauvre histoire où les hommes se laissent éternellement prendre, quel que soit leur âge. Mais qu'est-ce qu'il avait bien pu imaginer, celui-là, avec son visage fripé, ses cheveux gris et son dentier ? George-Herbert en haussa les épaules de dégoût.

— Alors, vous vous êtes persuadé qu'elle était folle de vous ?

— Non, tout de même pas. Et puis, je savais qu'elle avait d'autres... admirateurs, mais je ne pouvais plus me passer d'elle.

— Au point d'abandonner votre femme ?

— Sûrement pas, c'était elle qui se l'imaginait. Elle voulait devenir quelqu'un de respectable, une dame... et moi, je n'osais rien lui dire, de peur de la perdre tout à fait.

L'imbécile ! Même après sa pitoyable aventure, il ne comprenait pas que Phyllis s'était moquée de lui.

— Où la rencontriez-vous ?

— Chez elle.

— Vous y êtes allé avant-hier ?

— Oui.

— A quelle heure ?

— Comme d'habitude, vers dix-huit heures trente.

— Et alors ?

Moriss parut s'effondrer d'un coup. Il se tassa sur sa chaise et Morgan vit des gouttes de sueur perler à la racine de ses cheveux.

— La porte n'était pas fermée à clef. J'ai été tellement surpris, que je crois bien avoir laissé la mienne dans la serrure.

George-Herbert la lui mit brusquement sous les yeux.

— Celle-ci ?

— Sans doute.

— Vous l'avez essuyée. Pourquoi ?

— Pour ne pas laisser d'empreintes. C'était idiot.
— C'était dangereux.
— Je ne pouvais plus réfléchir quand je l'ai vue, la pauvre petite, avec sa gorge ouverte, ce sang qui coulait. J'ai été longtemps avant de pouvoir faire un mouvement.
— Pourquoi n'avez-vous pas appelé à l'aide ?
— Je ne pensais plus qu'à m'enfuir... et puis, je voyais bien qu'elle était morte. Pour quelles raisons ai-je passé mon mouchoir sur la clef au lieu de l'emporter, je n'en sais rien. Je ne me rappelle qu'une chose : je me suis sauvé aussi vite que je l'ai pu.
— Où ?
— Droit devant moi. Je ne sais pas par où je suis passé. Je me souviens d'être arrivé à la Tamise que j'ai suivie en direction des docks, de la mer. J'ai marché toute la nuit... et encore une partie du jour suivant, refaisant le même trajet plusieurs fois, pour qu'on ne relève pas ma trace. A Poplar, je me suis glissé dans un hangar vide de Blackwall Basin. La fatigue m'a fait retrouver mon sang-froid, mais il était trop tard. J'étais perdu. Personne ne voudrait croire à mon innocence. Alors, je me suis résigné, et j'étais résolu à venir vous trouver, mais avant je voulais revoir ma femme. On m'a arrêté au moment où j'entrais dans ma maison, et je n'ai pas pu revoir Gladys.
Il s'était remis à pleurer, mais sans bruit, sans hoquet, et les larmes qui sillonnaient ce visage flétri, sali, avaient quelque chose de déchirant.
— Donc, vous niez absolument avoir tué Phyllis Balebrook ?
— Mais, puisque je vous ai expliqué ce qui s'était passé ?
Il croyait vraiment que c'était aussi simple que cela ? Fatty Morgan bourra sa pipe, l'alluma, regarda encore Moriss qui suivait chacun de ses gestes, comme si sa vie en dépendait.
— Disons que vous m'avez fourni une explication.

Je peux vous en donner une autre. Par exemple, que Phyllis Balebrook vous menaçait de révéler vos rapports à votre femme et réclamait cent livres pour prix de son silence. Vous avez payé et, lorsqu'elle a eu l'argent, elle vous a ri au nez, en déclarant qu'il lui faudrait encore pas mal de livres sterling si vous vouliez vraiment qu'elle se taise. Devant ce chantage, dont vous deviniez qu'il ne finirait pas, vous avez perdu la tête et vous l'avez égorgée, emportant le couteau que vous avez jeté dans un égout, quelque part sur votre chemin, ou dans le fleuve. Qu'en pensez-vous ?

Moriss ne put que bégayer :

— Mais... mais je... je ne lui ai ja... jamais donné d'argent ! Puisque je vous dis qu'elle était morte quand je suis arrivé !

— C'est vous qui l'affirmez, Moriss, et votre parole ne suffira pas à convaincre un jury.

— Je vous jure que c'est vrai ! Cent livres ! Jamais elle n'a eu une pareille somme, la pauvre Phyllis ! Et puis, elle était désintéressée... Ce n'était pas une mauvaise fille. Cent livres ! Mais où les aurais-je pris ? J'ai juste ma pension !

Ces cent livres embrouillaient tout. Morgan était bien près de croire qu'en effet Moriss n'aurait jamais donné une somme pareille, ou alors qu'il l'aurait reprise, son crime commis, pour ne pas en priver sa femme. Mais alors, si l'assassin était un autre, pour quelles raisons, lui non plus, n'avait-il pas emporté cet argent ?

— Moriss... Est-ce que vous avez l'habitude de siffloter quand quelque chose vous préoccupe ?

— De siffloter ? Non, je ne crois pas. Pourquoi ?

— Mais si cela vous arrivait, quel air choisiriez-vous ? Quelle rengaine ?

— Quel air ? Quelle rengaine ?

— Oui. Si je vous ordonnais, maintenant, de siffler une chanson, sans réfléchir, laquelle vous viendrait spontanément aux lèvres ?

— Je... je ne sais pas. Je n'ai jamais été très doué pour la musique, je ne retiens pas la mesure. Peut-être *It's a long way to Tipperary !*

Le policier en civil Malcolme Camet, qui avait reçu l'ordre de retrouver le sergent détective Clarence Bredfort, put se donner longtemps l'illusion, ce soir-là, de mener la grande vie, en entrant dans toutes boîtes chics de Leicester Square et de Soho. Les directeurs et les gérants de ces établissements avaient tous un haut-le-corps lorsque le représentant de l'ordre exhibait son insigne et s'arrangeaient pour que Malcolme Camet pût jeter un coup d'œil dans leurs salles sans se faire remarquer par la clientèle. Tous poussaient un soupir de soulagement lorsque le visiteur importun avouait n'avoir pas vu celui qu'il cherchait, car aucun de ces messieurs ne croyait au motif qu'on leur donnait.

Pendant ce temps, *Chez Ivy,* Clarence et Pearl prenaient leur café. La jeune fille avait complètement oublié ses rancunes de la veille et envisageait avec enthousiasme de devenir Mrs. Bredford. Sur une page du carnet du sergent détective, les fiancés avaient établi — en invoquant leurs expériences réciproques — un projet de budget qui ne les satisfaisait qu'à demi, car il apparaissait que Pearl serait obligée de garder encore son emploi à Burlington Arcade, pour que le couple ne menât point une existence trop médiocre. Les garçons, qui avaient bien souvent vu des idylles se nouer autour de leurs tables, regardaient d'un œil amusé et compréhensif Pearl et Clarence qu'ils devinaient en train d'édifier un avenir éphémère, leurs propres souvenirs leur enseignant que la réalité ne ressemble que très rarement aux songes des amoureux. Cependant, Bredford et sa compagne ne prêtaient aucune attention à ce qui les entourait, et le maître d'hôtel dut tousser plusieurs fois pour que le sergent détective remarquât sa présence.

— Qu'est-ce que c'est ?

— Un monsieur qui demande à parler à monsieur.

— Qui donc ?

— Il n'a pas voulu donner son nom, monsieur. Il attend au vestiaire.

Intrigué — personne ne sachant qu'il dînait *Chez Ivy* — Clarence demanda à Pearl de l'excuser un instant (une Pearl qui recommençait à froncer le sourcil) et suivit le maître d'hôtel. En voyant Malcolme Camet, il ne put se retenir et jura entre ses dents. On ne le laisserait donc jamais tranquille ? Jovial, Malcolme racontait déjà à Bredfort le mal qu'il avait eu à le trouver et le nombre de restaurants visités avant de tomber sur le bon. Finalement — bien qu'il connût d'avance la réponse — Clarence lui demanda qui l'envoyait ainsi à ses trousses ?

— L'inspecteur-chef Morgan.

Bredford ferma les yeux, serra les poings, crispa les mâchoires en se répétant mentalement qu'il était en présence d'un subordonné et qu'il ne convenait pas, devant Malcolme Camet, d'exprimer à haute et intelligible voix ce qu'il pensait, pour l'heure, de Fatty Morgan. Il se força même à prendre un air détaché pour s'enquérir.

— Sans doute, Mr. George-Herbert Morgan ne peut-il s'endormir tout seul et souhaite-t-il que j'aille le bercer ? A moins qu'il n'ait fait une découverte culinaire et qu'il tienne à ce que je lui serve de cobaye immédiatement ? Ou bien, plus simplement, la seule idée que je puisse passer une soirée tranquille l'irrite-t-elle au point qu'il mobilise de suite la police de Sa Majesté pour faire cesser un état de choses qui l'offusque ?

Le ton doucereux de Clarence ne trompa point Malcolme Camet qui, sentant venir l'orage, commença par prendre ses précautions.

— Je ne fais qu'obéir aux ordres. L'inspecteur-chef vous prie de lui téléphoner au Yard, sans tarder. Il attend votre appel.

Ayant accompli sa mission, Malcolme Camet se retira en vitesse, tandis que Bredford se dirigeait vers la cabine téléphonique, tout en se demandant pour la dix-millième fois peut-être, à quoi il pouvait bien penser le jour où il avait décidé d'entrer dans la police...

Dans le silence du Yard déserté, les questions dont l'inspecteur-chef accablait Moriss prenaient une résonance cruelle. Le vieux Stephen n'en pouvait visiblement plus. Ses yeux, aux paupières rougies, se fermaient, et George-Herbert, en tapant sur son bureau pour réveiller son vis-à-vis, le faisait sursauter à chaque fois. Morgan n'était pas très fier de la méthode qu'il employait, mais il savait que c'est au moment où le corps s'abandonne que l'esprit vacille et ne se méfie plus. Si Moriss avait tué Phyllis Balebrook, il allait le dire, il allait forcément le dire maintenant, et c'est pourquoi, malgré sa pitié pour le pauvre homme recru de fatigue, Fatty continuait et continuerait jusqu'à l'aveu qu'il attendait.

La sonnerie du téléphone les arracha tous à l'espèce d'envoûtement auquel ils se laissaient prendre. George-Herbert, sans quitter des yeux son ancien partenaire — et qui déjà s'assoupissait — décrocha.

— Allô !... Oui, ici, Morgan... Ah ! c'est vous, Clarence... Désolé de vous déranger de nouveau, mais nous tenons Moriss... Oui, il est dans mon bureau... Non, il n'a encore rien dit, mais il finira bien par avouer... Dites donc, Bredford, c'est bien vous qui avez l'adresse de cette miss Carpenter, n'est-ce pas ?... Alors, sautez dans un taxi et allez me la chercher... L'heure n'a pas d'importance, vous le savez bien !... On va voir si elle reconnaît Moriss... Je compte sur vous, Clarence, et excusez-moi, une fois de plus, auprès de miss Pearl... Je vous attends... Si miss Carpenter reconnaît Moriss, l'affaire est terminée...

Pearl prit très mal la chose. Elle remarqua aigrement qu'il suffisait sans doute que Clarence se trouvât avec elle pour qu'aussitôt son chef l'envoie chez une demoiselle qu'il importait de ramener de toute urgence, une demoiselle qui, vraisemblablement, dormait. Mais, peut-être que la perspective d'être reçu au milieu de la nuit par une jeune personne, en tenue légère, ne déplaisait pas à Mr. Bredford ? Dans ces conditions, Pearl était autorisée — du moins, elle s'excusait de le croire — à se demander si une femme sensée pouvait lier son existence à un homme perpétuellement obligé de se mêler à l'intimité de jeunes femmes généralement agréables, à moins qu'elles ne se fassent assassiner dans des conditions et selon des méthodes indignes des gens respectables et bien élevés. En bref, tous les travaux d'approche de la soirée semblaient être devenus brusquement inutiles et le sergent détective voyait de nouveau fuir une victoire qu'il s'imaginait sienne. Il en aurait hurlé de dépit et s'il avait tenu entre ses doigts le cou épais de Fatty Morgan, il eût serré, serré, serré jusqu'à ce que mort s'ensuivît !

Mais Fatty n'était pas là, et Clarence devait supporter, seul, la mauvaise humeur de sa compagne. Il fit appel à toutes les ressources de son esprit pour la convaincre d'abord de sa bonne foi, ensuite que son métier et sa position à Scotland Yard ne lui permettaient ni de discuter, ni de désobéir aux ordres qu'il recevait. Pour dissiper les fâcheux soupçons que Pearl nourrissait quant à la tranquillité du foyer conjugal d'un membre du C.I.D., il lui jura qu'il était beaucoup plus souvent en relation avec des truands qu'avec de jolies filles et qu'enfin aucune de ces dernières — si d'aventure il les rencontrait — ne pouvait se comparer à celle qu'il aimait, à laquelle il souhaitait consacrer sa vie et qui était justement dénommée Pearl. Au surplus, ladite Pearl ne semblait pas se rendre compte que lorsqu'un sergent détective se rendait au milieu de la nuit chez une demoiselle, où l'envoyaient ses chefs, ce n'était généralement pas pour lui conter fleurette, mais bien avoir avec elle un entretien dépourvu de toute amabilité ou pour la traîner, de gré ou de force, au Yard. Enfin, Pearl devrait montrer assez de loyauté pour se rappeler que la dernière fois où Bredford se rendit en sa compagnie chez une de ces créatures — dont la seule évocation assombrissait l'humeur de la jeune femme — ils n'assistèrent pas, à une séance particulièrement agréable. Pearl poussa un léger cri de dégoût au souvenir de la scène écœurante chez Phyllis Balebrook, et comme, d'une part, elle n'était pas particulièrement entêtée, comme, d'autre part, elle ne tenait pas du tout à rompre avec Bredford, elle voulut bien reconnaître que si cette soirée devait être gâchée, ce ne serait pas la faute de Clarence et, qu'au surplus elle ne serait gâchée que si elle le voulait. Pour montrer sa bonne volonté et sa parfaite franchise, elle décida d'accompagner le sergent détective chez miss Carpenter, de ramener la jeune femme au Yard avec lui et d'attendre, dans le taxi, que Bredford en ait terminé avec son service, afin d'aller boire un dernier verre dans un endroit chic de Mayfair, histoire de marquer indélébilement cette soirée de fiançailles.

Comme ils sortaient de *Chez Ivy*, et avant que le policier n'eût appelé un taxi, Pearl lui prit le bras et, mutine, lui déclara qu'elle espérait qu'il ne l'emmenait pas, une fois encore, voir un spectacle ignoble. Clarence éclata de rire. Il ne fallait tout de même pas que sa future femme s'imaginât que, sous prétexte qu'il appartenait à Scotland Yard, il ne fréquentait que des cadavres !

Au cœur de Soho, Pulteney Street débouche au nord dans Beak Street, et, au sud, dans Brewer Street. Ce n'est pas une rue fort engageante, et Pearl crut bon de faire remarquer à son compagnon que, décidément, les gens qu'il allait visiter se donnaient le mot pour habiter dans des endroits impossibles. Clarence, que la mauvaise foi de sa bien-aimée commençait à irriter pour de bon, répliqua sèchement que les personnes dont le Yard avait à s'occuper ne logeaient que fort rarement dans les beaux quartiers. Devant le 75 de Pulteney Street, Bredford, ayant donné l'ordre au chauffeur de les attendre, prit galamment Pearl par la main et, avec elle, entra dans la maison.

Comme chez Phyllis Balebrook, une obscurité poisseuse noyait un décor vraisemblablement sordide, où seuls les initiés pouvaient s'aventurer sans crainte. Le sergent détective ne perdit pas son temps en tâtonnements inutiles et se mit à appeler, à pleine gorge. Presque aussitôt, il se fit un grand remue-ménage devant lui, un flot de lumière inonda le passage lépreux où le couple piétinait, révélant une porte vitrée d'où ne tarda pas à jaillir une énorme femme en camisole, qu'elle tentait vainement de boutonner de la main gauche, tandis que, de la droite, elle brandissait un tisonnier dans des intentions qu'il ne fallait pas être très perspicace pour deviner malveillantes. A deux pas de Clarence et de Pearl, elle s'arrêta pour rugir :

— Alors, c'est fini, ce scandale ? C'est une maison honnête, ici, et si vous voulez faire les idiots, faudrait voir à aller ailleurs, et en vitesse ! Sinon, je me charge de vous expulser, moi !

Se plaçant courageusement devant Pearl, — comme la galanterie et l'amour le lui commandaient — Bredford fit face au monstre femelle en affirmant que, policier, il n'entendait que remplir sa mission qui, pour le moment, l'obligeait à rendre visite à miss Dora Carpenter. Chez la concierge, en un clin d'œil, la curiosité l'emporta sur la colère.

— Miss Carpenter ? C'est pas Dieu possible ! Tout le monde veut donc la voir cette nuit ?

Clarence sentit un fourmillement à la racine des

cheveux, pendant qu'un frisson glacé courait le long de sa colonne vertébrale.

— Qu'est-ce que vous voulez dire ?

— Y a pas un quart d'heure qu'un type est venu la demander.

— Vous l'avez vu, ce type ?

— Non, il a été plus discret que vous et puis il avait une lampe électrique... Il me semble pas que je l'ai entendu redescendre ? Si ça se trouve, il est encore chez miss Carpenter.

— Quel étage ?

— Troisième gauche.

Avant de se lancer dans l'escalier fort raide, Bredford voulut convaincre Pearl de retourner l'attendre dans le taxi, mais elle s'y refusa opiniâtrement.

En arrivant devant la chambre de miss Carpenter, ils virent un rai de lumière sous la porte, contre laquelle Clarence frappa avec assez d'énergie pour réveiller tout l'étage. Pourtant, on ne répondit pas. Le sergent détective empoigna le bouton de la porte et le secoua, mais cela ne parut pas émouvoir le moins du monde la locataire. Alors, tout comme un vulgaire monte-en-l'air, Bredford sortit un trousseau de clefs de sa poche et, à l'aide de pinces bizarres, força paisiblement la serrure, au grand scandale de Pearl qui ne comprenait pas très bien qu'un monsieur, dont c'était le métier de poursuivre les voleurs, pût appliquer aussi parfaitement leurs méthodes. La porte ouverte, les fiancés se trouvèrent dans un studio assez gentiment meublé, mais ils n'eurent guère le temps d'en discuter l'originalité, car, au même instant, ils virent tous deux la rigole de sang courant sur le tapis. Pearl devint livide et lorsque, cramponnée à son compagnon, elle fit un pas en avant et découvrit le corps de Dora, elle sentit ses jambes se dérober sous elle et elle s'effondra, sans même exhaler le moindre gémissement.

Le policier n'eut pas besoin de s'éterniser dans les lieux pour apprendre que Dora avait été égorgée comme son amie Phillys et que — s'il en jugeait par la chaleur du corps de la victime et la fluidité du sang — il était arrivé littéralement sur les pas du meurtrier, qu'il avait dû croiser sur le trottoir. Mais, conséquence inattendue, ce nouveau meurtre mettait Stephen Moriss hors de cause, puisqu'il était au Yard tandis qu'on tuait miss Carpenter.

Clarence eut un ricanement de plaisir en se représentant la tête que ferait Fatty Morgan en train d'interroger sans relâche Stephen Moriss — lorsqu'il réaliserait qu'il avait perdu son temps et que l'affaire, qu'il espérait pratiquement terminée, ne faisait, en somme, que commencer. Si George-Herbert avait gâché la soirée de son adjoint, ledit adjoint allait lui gâcher non seulement la fin de sa nuit, mais encore pas mal de jours et de nuits à venir. Cependant l'heure n'était pas à la vengeance plutôt aux embêtements car Bredford se trouvait avec deux femmes sur le bras ; l'une privée de sens et dont il appréhendait le réveil ; l'autre — bien que détachée définitivement des histoires de ce monde — commandant la situation. Le sergent détective se dit que lorsqu'il téléphonerait à l'identité pour leur annoncer qu'il avait encore trouvé une jeune femme égorgée, on risquait de le surnommer Barbe-Bleue, mais que pouvait-il faire d'autre ?

Portant Pearl, toujours évanouie dans ses bras, Clarence sortit de la chambre, dont il referma soigneusement la porte. Appuyant sa fiancée contre le mur et l'y maintenant d'une main, le policier donna un tour de clef, afin que les hommes de l'Identité trouvent tout dans l'état où l'assassin l'avait laissé, puis il entreprit de descendre l'escalier avec son tendre fardeau. Il ne rencontra personne. Pearl reprit ses sens lorsque l'air nocturne lui baigna le visage. Elle se dégagea vivement de l'étreinte attentive de son cavalier servant qui, sans lui laisser l'occasion de placer un mot, entreprit de lui expliquer combien il regrettait la fâcheuse coïncidence voulant qu'à vingt-quatre heures d'intervalle, la jeune femme se soit trouvée en présence de deux cadavres vilainement arrangés. Cependant, Pearl, ayant récupéré, ne laissa pas à Bredford le loisir de démontrer les ressources infinies de sa dialectique, et ce fut d'une voix très ferme qu'elle affirma au sergent détective qu'elle ne se sentait décidément pas la vocation pour partager l'existence d'un homme qui passait le plus clair de son temps avec des filles égorgées. Elle assura avoir des ambitions beaucoup pus bourgeoises et qu'elle préférait unir sa vie à celle d'un fonctionnaire dont les drames professionnels se réduiraient à des dossiers en désordre, ou bien à un commerçant dont les soucis ne dépasseraient pas la bonne ou la mauvaise humeur de la clientèle. Elle daigna reconnaître qu'elle regrettait Clarence, mais qu'elle estimait préférable de ne lui laisser aucun espoir et qu'en somme, il valait mieux qu'elle se soit rendu compte de l'erreur qu'elle était sur le point de commettre, plutôt que d'avoir attendu d'être passée devant l'officier de l'état civil. Ayant achevé ce discours dont la netteté ne souffrait aucune discussion, elle tendit la main à Clarence trop désemparé pour tenter de la retenir. Il ne recouvra ses esprits qu'au moment où le taxi emportant Pearl démarrait. Il s'élança.

— Pearl ! Pearl ! Ce n'est pas possible ! Vous devez...

Mais, déjà, la voiture s'éloignait et ce fut ainsi que, par la faute d'un assassin aux méthodes abominables — et que, dans sa colère, Bredford se promettait bien d'aller voir gigoter au bout de la corde — Clarence perdit, une fois encore, la femme de sa vie.

— Vous êtes fatigué, Moriss. Finissons-en. Je ne tiens nullement à vous torturer, vous le savez. Mais, d'autre part, j'exerce un métier qui a ses lois impératives. Je dois trouver l'assassin de Phyllis Balebrook. Pour l'heure, il semble démontré que c'est vous qui l'avez tuée, pour des raisons que votre avocat exposera au jury et qui vaudront, sans doute, une relative indulgence de ce dernier. Moi, cela ne me regarde pas. Ma mission consiste uniquement à recueillir vos aveux et à vous remettre entre les mains de la justice. Alors, simplifions les choses, voulez-vous ? Nous avons, l'un et l'autre, envie de nous reposer. Reconnaissez-vous avoir assassiné Phyllis Balebrook, votre maîtresse ?

— Non.

Fatty Morgan n'était pas partisan de la manière forte pour interroger les suspects, mais il y avait des moments — comme celui qu'il était en train de vivre — où il regrettait d'avoir le cœur trop sensible. Combien de temps, encore, ce vieil entêté de Moriss allait-il nier l'évidence ?

— Ecoutez, Moriss, vous devez vous rendre compte que ce système de dénégation absurde ne peut que...

La sonnerie du téléphone lui coupa la parole. Rageur, George-Herbert prit l'appareil.

— Morgan, j'écoute !... Clarence ? Mais pourquoi n'êtes-vous pas encore là avec miss Carpenter ?... Quoi ?... De la même façon ?... Mais alors, ça change tout... A votre avis, depuis combien de temps ?... Une demi-heure maximum ?... Oui, bien sûr... En tout cas, le légiste confirmera... Vous avez alerté tout le monde ?... Bon. Eh bien, faites le nécessaire, la routine quoi, et revenez... Evidemment, je ne pense pas que nous nous coucherons encore avant l'aube, si l'on se couche !

L'inspecteur-chef raccrocha, puis s'adressant au policeman Bob Flahan, qui assistait à l'interrogatoire :

— A quelle heure avez-vous arrêté Mr. Moriss ?

— Dix heures quarante-sept, monsieur.

Morgan soupira : tout était à refaire. Il était déçu parce qu'il croyait tenir la bonne piste et qu'il n'est jamais agréable de renoncer à un succès qu'on s'imaginait à portée de sa main. Mais, d'un autre côté, songeant à Gladys Moriss, George-Herbert était heureux, et cette joie humaine compensait largement la petite déception du policier.

— Moriss, je crois bien que je vais avoir le plaisir de vous adresser des excuses. J'en serai heureux, et pour votre femme et pour vous. Cependant, je n'ai pas le droit de vous relâcher avant de posséder la preuve indiscutable que vous n'êtes pour rien dans la mort de Phyllis Balebrook. Je vous demande un peu de patience, le temps de faire le point avec mes collaborateurs, d'étudier certains renseignements. Je pense que vous pourrez rentrer chez vous dans la journée de demain. Je vais faire avertir Mrs. Moriss. En attendant, essayez de vous reposer.

Moriss prit la main que lui tendait l'inspecteur-chef et la serra de toutes ses forces, en répétant d'une voix chevrotante :

— Merci, monsieur Morgan. Merci beaucoup. Merci, monsieur Morgan.

Il était déjà dans le couloir en compagnie de Bob Flahan, le soutenant par le bras, qu'il répétait sa litanie :

— Merci, monsieur Morgan. Merci beaucoup.

Clarence s'efforçait de ne pas regarder du côté où le corps de celle qui avait été la gentille Dora Carpenter reposait dans une attitude grotesque. A le voir, on ne pouvait croire à la mort et, n'eût été le sang, on se serait facilement persuadé qu'il s'agissait d'une farce et que Dora allait se relever en riant aux éclats de la peur qu'elle vous avait faite. En face de cette morte, le sergent détective ressentait quelque chose qu'il n'avait jamais éprouvé devant les nombreux cadavres que son métier l'avait obligé à examiner de près. A ce sentiment confus, se mêlait une pointe de remords : c'était lui qui avait déniché miss Carpenter dans Greek Street et qui, sans s'en douter le moins du monde, l'avait condamnée à mort. Car le meurtrier avait su que la petite était en relation avec le Yard et, redoutant ses révélations, il l'avait égorgée, comme il avait égorgé Phyllis Balebrook. Une colère brutale nouait les muscles de Bredford. Il eût souhaité que le tueur fût là et qu'il l'attaquât. Il aurait eu plaisir à se battre avec lui, à cogner dessus comme on frappe sur une bête dangereuse pour la mettre hors d'état de nuire. Instinctivement, dans son désarroi, dans son chagrin, Clarence songea à Fatty Morgan, qui saurait venger Phyllis et Dora, et dont l'astuce, l'opiniâtreté, lui permettraient de regarder un jour dans les yeux celui par la faute duquel Pearl était partie sans espoir de retour.

N'ayant rien trouvé dans la pièce qui puisse servir l'enquête en quoi que ce soit, le sergent détective s'apprêtait à quitter la chambre de Dora lorsqu'un tumulte dans l'escalier lui apprit l'arrivée des hommes de l'Identité. Il les reçut et se contenta de montrer miss Carpenter, sans vouloir donner aucune explication. Phil Murlock, le photographe, essaya de plaisanter.

— La deuxième en vingt-quatre heures. Ça devient votre spécialité, Clarence, non ?

Pendant que les hommes des empreintes s'affairaient, Murlock s'approcha de la morte, la regarda longuement et, tout en préparant son appareil et son flash :

— Une belle fille... dommage ! Allons, miss, quand ces messieurs en auront fini avec vous, le vieux Phil tâchera de vous faire paraître une dernière fois à votre avantage.

Bredford, qui connaissait bien Murlock, devina que sous la gouaille professionnelle, il y avait la peine que tout homme ressent en constatant la mort injuste d'un être jeune et qui ne demandait qu'à vivre.

Tirés de leur sommeil, au milieu de la nuit, les locataires du 75 Pulteney Street recevaient assez mal Clarence Bredford qui leur demandait s'ils avaient entendu quoi que ce soit d'anormal en provenance de la chambre occupée par miss Carpenter. Les uns répondaient hargneusement qu'ils avaient autre chose à faire dans l'existence qu'à s'occuper de leurs voisins ou voisines ; les autres, intéressés, commençaient par poser des questions pour savoir ce qui avait pu se passer et, dépités de ce qu'on se refusait à satisfaire leur curiosité, refermaient leurs portes en déclarant que les flics n'avaient qu'à faire eux-mêmes leur métier et à foutre la paix aux honnêtes gens. Quelqu'un, toutefois, crut pouvoir dire qu'il lui avait bien semblé percevoir un cri qui aurait pu venir de la chambre de miss Carpenter, mais qu'il ne saurait en témoigner sous la foi du serment. En bref, Bredford ne recueillit aucun renseignement. Le meurtrier avait dû se présenter de telle façon que Dora ne s'était pas méfiée. Donc, ou elle le connaissait, ou il avait emprunté un état civil susceptible d'inspirer confiance à la jeune femme et, dans ce cas, on pouvait admettre qu'il s'était fait passer pour un policier chargé de sa sécurité. Mais qui savait qu'elle était en bons termes avec le Yard ?

Cette fois, complètement habillée, la concierge mafflue attendait Clarence au bas de l'escalier, dont elle n'avait pas osé entreprendre la montée. D'une voix rauque, elle demanda :

— Il est arrivé un malheur, hein ?

— Miss Carpenter est morte.

— C'est-y qu'on l'aurait... ?

— Oui.

Elle ferma les yeux et alla chercher sa respiration au fond de son énorme poitrine avant de dire :

— Ce serait-y l'homme qu'est venu avant vous ?

— Il y a bien des chances.

— Par saint Patrick, il aurait pu s'en prendre à moi !

— Je ne crois pas, miss... miss ?

— Madame !... Mrs. Ballester. Emmy Ballester. J'suis veuve.

Clarence accorda une pensée fraternelle à ce Ballester inconnu qui avait vécu au côté de cette gigantesque femelle et espéra que le souverain juge lui en tiendrait compte le jour du Grand Règlement.

— Vous ne pouvez rien me dire au sujet de cet individu qui a demandé miss Carpenter ?

— Non. Il m'a semblé qu'il avait une voix grave. Maintenant, hein ? il parlait peut-être derrière sa main, histoire de se camoufler et puis, dans le couloir, ça résonne drôlement ; alors, pour se faire une opinion...

Moriss disparu, Morgan avait rallumé sa pipe pour mieux réfléchir à l'aspect nouveau du problème qu'il lui fallait résoudre. Parce qu'il était impossible que deux assassins, sans rapport entre eux, aient voulu, à peu près au même moment, se débarrasser de Phyllis et de Dora, on devait admettre que celui qui avait tué miss Balebrook était aussi le meurtrier de miss Carpenter, et donc, que Stephen Moriss disait vrai en affirmant qu'il avait trouvé son amie morte.

On ne pouvait avoir supprimé Dora que parce qu'on avait appris qu'elle s'était rappelé l'air de la chanson entendue dans l'escalier. Par ce dernier meurtre, l'assassin, non seulement innocentait Moriss, mais encore attirait l'attention sur lui. C'est donc qu'il s'était cru en extrême danger. Pourquoi ? Il savait bien que miss Carpenter, mise en sa présence, ne l'aurait pas reconnu : un personnage engoncé dans un pardessus et un foulard, portant lunettes et chapeau, pouvait être jeune ou vieux, gros ou maigre, et pourquoi pas une femme déguisée ? Non, tout tournait autour de la chanson. Il importait de ne plus se soucier de Phyllis Balebrook pour l'instant et de ne s'occuper que de Dora Carpenter. Le meurtrier craignait que Morgan, apprenant le titre de la chanson, le découvrît immédiatement. De là, à déduire qu'il était un familier de l'inspecteur-chef, il n'y avait qu'un pas, que George-Herbert franchit avec angoisse. Était-ce possible ? Fatty se leva et alla à la fenêtre pour essayer de retrouver son calme. D'habitude, la course lente du fleuve agissait comme un remède apaisant sur ses nerfs. Mais il ne pouvait détourner sa pensée du meurtrier qu'il voyait, soudain, terriblement proche de lui ; sans cela, de quelle façon aurait-il deviné que miss Carpenter était venue au Yard ? Une silhouette d'homme qui déambulait lentement sur le pont de Westminster plaça sur l'écran de sa mémoire une autre silhouette : Cromwell ! Cromwell qui lui annonçait que Dora le cherchait, parce qu'elle se souvenait ! Et l'assassin écoutait en même temps que le policier. Et le clochard, qui savait qui était le meurtrier, prenait peur et ne révélait pas tout ce que lui avait confié la jeune femme. Longhins, Healey, Larson... Lequel des trois ? Tous avaient rencontré Phyllis Balebrook, qui venait souvent à *La Pomme de Pin*. Healey, Larson, Longhins, quel était l'égorgeur ? Etait-ce pensable seulement que, tandis qu'ils jouaient aux cartes, et que tous plaignaient Moriss et sa femme, le meurtrier, tranquillement assis sur sa chaise, prenait part à la peine générale ? Larson, Healey, Longhins... L'un d'eux était un monstre d'un sang-froid extraordinaire.

Fatty Morgan, revoyant la scène, vieille de quelques heures à peine, tentait de se rappeler les visages des autres. Lequel d'entre eux sifflotait entre ses dents quand il avait un coup difficile à jouer au bridge ? George-Herbert faisait un effort de concentration pénible. Il les entendait siffler tous les trois ou aucun. Voyons... Dora lui avait déclaré que cette chanson lui était fredonnée par les gens qui l'élevèrent, dans le Devon. Sans doute, une rengaine de nourrice. Il n'y avait qu'à interroger des originaires du Devon. Mais qu'il était sot ! Vraiment, cette histoire lui faisait perdre tout sang-froid. Il n'y avait qu'à remettre au plus vite la main sur Cromwell et l'obliger à dire ce qu'il savait. L'inspecteur tendait la main pour décrocher le téléphone lorsqu'il suspendit son geste : l'assassin aussi devait se douter que le clochard avait menti. Il fallait arriver avant lui !

Jamais Bredford n'avait vu un visage pareil à Morgan. C'était le masque ravagé d'un homme que la peur et la colère défigurent.

— Que se passe-t-il ?

— Clarence, vous connaissez le clochard qui fréquente *La Pomme de Pin* ?

— Cromwell ?

— Oui. Vous savez où il travaille ? Enfin, je veux dire où il gagne les quelques sous qui lui permettent de boire souvent et de manger de temps à autre ?

— Eh bien ! je pense que, comme tous ses pareils, il doit décharger des cageots la nuit, à Covent Garden.

— Parfait. Allez-y et ramenez-le-moi, Clarence !

Plus qu'un ordre, on eût dit une prière. Un instant, le sergent détective eut l'impression que George-Herbert avait bu. Cependant, le regard fiévreux de son supérieur lui fit comprendre qu'il se passait quelque chose de grave, mais la perspective d'aller finir la nuit dans le tohu-bohu de Covent Garden n'était pas si engageante que Bredford en acceptât l'éventualité avec le sourire. Fatty s'en aperçut.

— Fatigué, Clarence ?

— Plutôt.

— Je le regrette, mon vieux, mais il s'agit d'empêcher un troisième meurtre...

— Comment cela ?

— Vous réquisitionnerez tous les flics du secteur, mais il faut, vous entendez, il faut que vous attrapiez Cromwell, vous, le premier.

— Le premier ?

Il était clair que le sergent détective ne voyait pas exactement tout ce que cela voulait dire. Fatty Morgan vint à lui et, mettant une main sur son épaule, affirma d'une voix que Bredford avait rarement entendue :

— Je compte sur vous, Clarence. Car vous allez être deux à chercher Cromwell, cette nuit.

— Deux ? Qui est l'autre ?

— Le meurtrier de Phyllis et de Dora.

CHAPITRE VII

Malgré sa misanthropie chronique, Cromwell aimait l'animation nocturne du marché de Covent Garden. Il ne lui déplaisait pas d'être serré, pressé, bousculé dans une cohue parcourue de courants qui se frôlaient, se coupaient et parfois se heurtaient à grand renfort de cris, de jurons et de menaces. Mais les colères les plus noires cédaient sous les plaisanteries que les cockneys lançaient d'une voix éraillée. Alors, on se calmait et chacun repartait à son travail — y compris les clochards — persuadé qu'il appartenait à la plus grande nation du monde. Il n'y a plus guère que les Anglais pour trouver une consolation dans cette conviction.

Cromwell et ses pareils se groupaient sur un emplacement qui leur était traditionnellement réservé, à quelques dizaines de mètres du porche de « L'Eglise des Acteurs », Saint Paul de Covent Garden, où, debout, chiquant, fumant, discutant courses et bonnes adresses, ils attendaient qu'on vînt les quérir pour aider au déchargement des camions arrivant de toutes les directions. Parce qu'il était un des plus anciens du lot, et aussi parce qu'il était un de ceux sur qui la déchéance physique avait encore le moins de prise, le clochard habitué de *La Pomme de Pin* se voyait presque toujours désigné. C'est donc sans impatience, ni inquiétude, qu'il guettait la venue du « boss » qui viendrait le chercher.

Entouré d'un cercle attentif, Cromwell commentait les derniers événements auxquels il avait été mêlé. Il disait qui était Phyllis Balebrook, l'amitié dont elle l'honorait et l'étrangeté horrible de sa mort. A Londres, on a toujours aimé les crimes mystérieux ; c'est pourquoi on écoutait le clochard avec le plus vif intérêt, au grand dépit de Jim Blackbass, son rival de toujours, nettement plus jeune que lui, mais qui, sec et vicieux, n'inspirait confiance à personne. Seulement, ses poings dont il usait volontiers, lui assuraient une cour fidèle. L'attention redoubla lorsque Cromwell parla de Dora et de sa visite infructueuse au Yard. Flatté de l'intérêt qu'il suscitait, il força un peu la note et commenta avantageusement la chance qu'avait eue la jeune fille de le rencontrer dans Greek Street, car lui seul avait pu joindre l'inspecteur-chef Fatty Morgan, qui était de ses amis. Un long silence admiratif suivit cette dernière affirmation. Blackbass, qui étouffait de rage, crut renverser la situation à son profit en remarquant d'une voix méprisante :

— Alors, v'là qu'vous travaillez avec les flics, à c'te heure, Cromwell ?

L'orateur en eut le souffle coupé. Tant de perfidie le démontait. A l'attitude des autres, il devina que le coup avait porté et qu'en somme on le soupçonnait de trahison. Il importait de reprendre le dessus, et vite, sinon Blackbass régnerait, sans contestation possible, sur « la cloche » de Soho. Cromwell, écartant les plus proches de ses auditeurs, marcha droit sur son rival :

— Non, monsieur Blackbass, je ne travaille pas avec les flics, comme vous insinuez pour porter atteinte à ma respectabilité, je travaille simplement contre ceux qui égorgent des jeunes filles qui auraient pu être nos filles, monsieur Blackbass ! Et, en agissant de c'te façon, monsieur Blackbass, j'estime être un bon Anglais et je regrette qu'une foutue grande gueule comme la vôtre se permette, pour se faire admirer de l'honorable société, des réflexions incorrectes et qui ne sont pas dignes d'un sujet de Sa Majesté, si vous voulez mon avis, monsieur Blackbass !

Une acclamation salua la péroraison de Cromwell, tandis que Blackbass, confus et rageur, se perdait dans la nuit, non sans lancer un dernier trait :

— En tout cas, j'voudrais pas être à votre place, si l'assassin, il apprend que vous avez parlé aux flics !

Cromwell haussa les épaules, en homme qui méprise les dangers quand il s'agit de faire son devoir ; néanmoins, la remarque de son ennemi lui fit une impression désagréable qu'Elmer Burggs, le contremaître des Midlands Fruts and C° ne lui permit pas d'analyser en venant le chercher, avec trois autres clochards, pour aider au déchargement de ses camions.

Ayant abandonné sa voiture dans Southampton Street, Bredford s'était mis méthodiquement à la recherche de Cromwell, en entrant dans tous les bistrots pour demander si l'on avait vu le clochard. Sortant du passage voûté qui prend dans King Street, un autre cherchait Cromwell et, sans doute mieux renseigné sur ses habitudes, était allé directement là où les gueux s'agglutinaient en attendant l'embauche. L'Autre n'interrogeait aucun passant. Il semblait ne vouloir attirer l'attention de personne, il ressemblait à un chien de chasse suivant une piste et ne se laissant rebuter par rien.

Pendant ce temps, Cromwell empoignait les cageots de fruits et de légumes que le chauffeur, à l'intérieur du camion, poussait vers lui, et allait les entreposer dans les hangars des Midlands Fruts and C°. Il peinait durement. Parfois, lorsque la fatigue lui nouait les bras, il lui arrivait de songer qu'il n'avait peut-être pas pris la bonne route car, somme toute, il travaillait plus qu'un fonctionnaire au gîte et à la retraite assurés. C'étaient là des pensées de nuits maussades, mais le printemps et l'été reviendraient avec les grandes promenades au soleil, les siestes au bord de la Tamise et cette merveilleuse liberté des champs, des bois et des rues. En rêvant à la belle saison, le clochard retrouvait des forces. Il fallait tenir jusqu'au moment où — comme les oiseaux migrateurs — il ressentirait ce besoin de partir qui, chaque année, le tenaillait dès les premiers jours ensoleillés. Cromwell était en train de boire une tasse de thé offerte par le contremaître, afin de lui permettre de se reposer un peu, lorsque Will Dolphin, qui passait, le nez au vent, l'œil rigolard comme d'habitude, lui cria :

— Hello ! Cromwell ! Il y en a un qui te cherche !

Le clochard s'étrangla avec le thé brûlant qu'il dégustait à petits coups et ne retrouva sa respiration que pour s'en prendre à tous les saints de l'église d'Angleterre qui avaient permis la venue au monde d'un hurluberlu du genre de Will Dolphin, incapable de prendre la moindre précaution avant de vous jeter les plus effarantes nouvelles. Cromwell aurait bien voulu que son confrère lui donnât quelques explications, mais Dolphin s'était déjà perdu dans la foule, et Elmer Burggs, voyant s'éloigner son ouvrier, lui lançait :

— Hé, vieux ! C'est pas encore l'moment d'vous tirer !

Cromwell retourna à ses cageots, mal résigné à ne pas connaître l'identité de la personne qui s'intéressait à lui, au point d'essayer de le dénicher dans le grouillement de Covent Garden. Cela faisait un bon quart d'heure qu'il s'était remis à la tâche, sans plus penser aux futures paresses estivales, mais uniquement préoccupé de deviner qui pouvait bien le chercher cette nuit. Soudain, la dernière remarque de Blackbass résonna dans sa mémoire :

« En tout cas, j'voudrais pas être à votre place, si l'assassin il apprend que vous avez parlé aux flics ! »

Le clochard resta littéralement pétrifié. Comment n'y avait-il pas pensé plus tôt ? Bien sûr, que ce ne pouvait être que l'assassin qui le cherchait ! L'assassin qui savait que le clochard le connaissait depuis qu'à *La Pomme de Pin* il l'avait entendu confier à Fatty Morgan sa rencontre avec Dora Carpenter dont il avait reçu les confidences. Maintenant, le tueur voulait le faire taire, comme il avait fait taire Phyllis Balebrook. D'épouvante, le clochard laissa tomber le cageot qu'il était en train de transporter et son chargement se répandit sur le trottoir. Elmer Bruggs hurla des injures à son adresse, mais Cromwell se trouvait déjà bien au-delà de tout ce dont on pouvait le menacer en ce monde. La peur l'habitait tout entier. Il sentait déjà le couteau du meurtrier sur sa gorge. Il se mit à jeter, à droite et à gauche, des regards de bête traquée. Le contremaître s'approcha de lui :

— Quelque chose qui ne va pas ?

Le clochard tressaillit et dut faire un effort sur lui-même pour répondre d'une voix intelligible :

— J'crois ben que j'suis malade, patron.

— Embêtant, ça. Vous voulez vous arrêter ?

— Oui. J'peux plus.

Elmer Burggs, sous son aspect brutal, était un brave type, et ce vieux lui faisait pitié, car Elmer était un homme d'ordre qui ne comprenait pas comment on pouvait vivre sans la certitude de retrouver, le soir, un home confortable et un lit douillet.

— Vous allez à l'hôpital ?

— J'pense que ça s'rait l'mieux.

— Alors, bonne chance, Cromwell, et dès que ça ira mieux, rappliquez par ici, il y aura toujours du travail pour vous. Tenez, on va faire comme si vous aviez fini l'boulot.

En sentant l'argent qu'on lui glissait dans la main, le clochard retrouva suffisamment de sang-froid pour remercier, avant de plonger dans la cohue. Le contremaître des Midlands Fruts and C° secoua la tête. Pauvre vieux Cromwell... Il devait être au bout de son rouleau et il allait crever seul, sur un lit d'hôpital ou sur un trottoir de Londres. Misère ! C'est en pensant joyeusement à sa femme, à ses gosses et à sa petite maison du côté de Chigwell que Burggs prit la place du clochard défaillant et se mit à coltiner des cageots de légumes.

Cromwell ne répondait à aucun des lazzi saluant son passage. Attentif à deviner les traits de ceux qu'il croisait, il marchait, marchait, comme s'il avait eu la certitude que s'arrêter l'eût livré au meurtrier. Ainsi, ils étaient trois, dans Covent Garden grouillant de monde, qui se cherchaient ou se fuyaient et personne, bien sûr, n'avait conscience du drame qui se jouait. Un moment, le clochard avait eu l'idée d'aborder le premier flic rencontré et de réclamer sa protection, mais il y aurait eu des chances nombreuses pour que le policeman, fatigué par sa veille, l'eût envoyé promener et puis, que lui dire de précis ? Ou bien faire du scandale, de manière à ce qu'on l'emmène au poste le plus proche ? Mais Cromwell avait horreur de se faire remarquer, de se tenir mal sur la voie publique, et il aimait trop la liberté pour accepter de se laisser enfermer. Alors, il marchait.

De son côté, Bredford interrogeait tous les gens susceptibles de connaître celui qu'il voulait à toute force découvrir, mais personne ne pouvait lui donner de renseignements précis. On avait vu Cromwell ici et là, il y avait une heure, cinq minutes, un quart d'heure, il s'en allait dans cette direction, à moins que ce ne fût dans celle-là, et Will Dolphin, mis au courant, avait averti son confrère que quelqu'un était après lui. Puis, Dolphin avait de nouveau rencontré Clarence et, sur ses instances, après s'être assuré qu'on ne voulait aucun mal à son ami, lui avait appris que Cromwell travaillait à l'entrepôt des Midlands Fruts and C°. Sur le moment, le sergent-détective crut sa mission terminée, mais Elmer

Burggs lui avait révélé que le clochard, malade, venait juste de partir et, sur ses conseils, Bredford fonça en direction de l'hôpital le plus proche, c'est-à-dire à l'opposé du chemin réellement pris par Cromwell.

L'Autre avançait tranquillement, sans impatience, fouillant du regard les moindres coins d'ombre, examinant les équipes employées au déchargement des camions. Nul ne lui prêtait attention.

La peur affolait Cromwell. Pareil à un animal forcé par les chiens et les chasseurs dans son esprit en désarroi, ne s'imposait plus que la hantise du gîte. Trop effrayé pour raisonner, le clochard devenu la proie d'une idée fixe ne songeait qu'à découvrir la cachette où, en attendant le jour, il serait à l'abri. Par instinct grégaire, il se dirigea vers Saint-Paul de Covent Garden, là où il retrouvait d'habitude ses compagnons. Mais il n'y avait personne devant l'église dont les contreforts offraient des abris sûrs. Il se laissa choir sur le sol derrière un énorme pilier et reprit son souffle. Au bout d'un certain temps, le silence agit sur ses nerfs et il se calma. Dès qu'il eut retrouvé son équilibre, Cromwell commença à se demander s'il n'avait pas battu quelque peu la campagne, si ce n'était pas tout simplement Dora Carpenter qui le cherchait parce qu'elle redoutait de rester seule avec son secret. Il se mit à rire. Avoir supporté le blitz et se conduire comme une femmelette en proie à des cauchemars, ce n'était pas très brillant. Allons, Bruggs avait été si chic qu'il ne fallait pas l'abandonner. Il avait encore le temps de lui donner un bon coup de main avant la fermeture du marché. Ragaillardi, il se leva et se remit en route. Mais, au moment où il longeait l'entrée du passage couvert menant dans King Street, il s'entendit appeler doucement et tout de suite il sut que c'était l'Autre. Tous ses raisonnements antérieurs s'envolèrent d'un coup dans la panique affreuse qui l'immobilisait. Il n'osa pas se retourner lorsqu'une main se posa sur son épaule et qu'on lui chuchota à l'oreille :

— Venez avec moi, mon vieux Cromwell...

Il ne tenta même pas de refuser ou de se débattre. Poussé par l'Autre, il retourna derrière le pilier où il s'était cru protégé de tous. Lorsqu'ils furent dans l'ombre opaque, l'Autre se colla contre le dos de Cromwell en murmurant :

— Il ne fallait pas écouter Dora... Vous allez la rejoindre puisque vous vous entendiez si bien.

Cromwell n'eut pas un geste. C'est curieux, il n'avait presque plus peur maintenant. Il savait qu'il allait mourir mais cette certitude lui était moins pénible que l'angoisse des moments précédents. Il pensa aux berges de la Tamise, aux belles soirées d'été...

Fatty Morgan commençait à s'inquiéter. Il y avait déjà deux heures que Clarence était parti et il ne donnait pas signe de vie. Pourvu que l'Autre ne soit pas arrivé avant... Peut-être aurait-il dû accompagner son adjoint, car il connaissait comme sa poche ce quartier de Covent Garden où il avait fait ses débuts sous l'uniforme de policeman. Lorsque enfin Bredford lui téléphona pour lui dire qu'il n'arrivait pas à mettre la main sur le clochard, George-Herbert lui intima l'ordre d'aller l'attendre à *La Poire et le Raisin*.

En humant l'odeur de Covent Garden, Fatty Morgan retrouva le souvenir de sa jeunesse et de toutes les batailles livrées pour maintenir l'ordre au moment où les clochards venaient boire l'argent gagné pendant la nuit. La fatigue semblait ne pas avoir prise sur ce gros bonhomme que les vieux de la vieille saluaient au passage. Les plus malins se disaient qu'il était étrange de voir un inspecteur-chef du Yard se promener dans Covent Garden à trois heures du matin. Leur expérience leur enseignait qu'un coup dur pouvait se préparer et qu'il était peut-être plus sage de se mettre à l'abri.

George-Herbert coupa court aux explications de Clarence et se contenta d'un résumé de l'emploi du temps du sergent-détective. Quand il sut que Cromwell avait travaillé aux Midlands Fruts and C°, il s'y rendit aussitôt. Bruggs, le contremaître, lui révéla la manière curieuse dont le clochard s'était comporté alors que rien ne laissait prévoir son brusque malaise. L'inspecteur insista pour que son interlocuteur tentât de se rappeler les instants qui avaient précédé le départ de Cromwell. Bruggs fit un effort sérieux mais il n'était guère entraîné à ce genre d'exercice. Il se souvint cependant que son employé occasionnel paraissait tout à fait normal lorsqu'il lui avait offert une tasse de thé, mais qu'à cet instant, un de ses copains lui avait crié quelque chose et que tout avait commencé à partir de cet instant-là. Questionné par les policiers, le contremaître crut pouvoir affirmer que le passant n'était autre que le vieux Will Dolphin qui, d'ordinaire, travaillait chez Peter, Wall and Son.

Dolphin était en train de se faire payer lorsque les hommes du Yard lui tombèrent dessus. L'argent qu'il sentait dans sa poche le mettrait d'assez bonne humeur pour qu'il répondît volontiers aux questions qu'on lui posait. Oui, c'était bien lui, en effet, qui avait averti Cromwell qu'on le cherchait.

— Vous connaissiez celui qui vous a demandé si vous aviez vu votre ami ?

— C'est-à-dire que je le connaissais pas avant mais maintenant je le connais.

— Suffisamment pour nous le désigner si l'on vous mettait en sa présence ?

— Sûrement.

— Parfait... Il ne vous a pas dit qui il était, par hasard ?

— Non.

— Alors, décrivez-le-nous.

— Pour quoi faire ?

Et Dolphin, montrant Clarence, ajouta narquois :

— ... puisqu'il est là !

Fatty Morgan lâcha un juron avec une telle violence que Peter, Wall and Son sortirent tous les trois de leurs bureaux en demandant ce qui se passait. S'étant repris, George-Herbert se contenta de faire remarquer froidement à son adjoint :

— Vous auriez pu éviter de nous faire perdre notre temps.

Piteux, Clarence essaya de se disculper.

— J'en ai tellement abordé de ces types, que je pouvais pas me rappeler leurs physionomies aux uns et aux autres !

— Dommage...

Pendant cet entretien, Will Dolphin se faisait une pinte de bon sang et ne s'en cachait pas. La déception de Fatty Morgan était telle que l'hilarité du clochard l'aurait peut-être poussé à un éclat regrettable si un policeman, surgissant de la foule qui entourait les détectives, n'était venu se présenter à l'inspecteur-chef afin de lui apprendre qu'on venait de trouver le cadavre d'un clochard égorgé près de Saint-Paul de Covent Garden.

Un agent faisait circuler les curieux qui eussent voulu voir le corps étendu dans l'ombre du premier contrefort de l'église. Morgan les écarta brutalement et, avec Bredford, se pencha avidement sur le cadavre. Comme Phyllis, comme Dora, Cromwell avait été égorgé. Mais George-Herbert remarqua qu'il n'y avait pas trace de lutte, à croire que le malheureux s'était laissé assassiner sans manifester la moindre velléité de se défendre. Furieux, peiné, Morgan se jura à lui-même que c'était là le dernier crime que le tueur commettrait avant de régler sa dette à la société et il estima qu'il était bien dommage qu'on ne pût le pendre qu'une fois. L'ambulance arriva. Des infirmiers sautèrent à terre, prirent un brancard, y déposèrent la dépouille de Cromwell et la voiture chargée de son nouveau client fila en direction de la morgue. Comme il n'y avait plus rien ni à regarder ni à commenter, les badauds se dispersèrent, les policemen reprirent leurs rondes, les marchands retournèrent à leurs caisses, les compagnons du mort recommencèrent à se mettre en quête d'un peu de nourriture ou d'alcool. On ne pensait déjà plus à Cromwell. Sa disparition ne faisait jamais qu'un clochard de moins... A part Fatty Morgan, qui s'en souciait ?

Les deux policiers marchaient en silence. La mort de Cromwell était pour eux une défaite qu'ils avaient du mal à accepter. La chance les frôlait à chaque fois mais ils n'arrivaient pas à la saisir. Si Morgan était resté dans son bureau, Dora l'y aurait trouvé et le meurtrier serait sous les verrous. L'inspecteur-chef n'était pas très fier de lui. Deux victimes dont il pouvait sauver la vie avec un tout petit peu plus de réflexion. Il aurait dû deviner que miss Carpenter ferait tous ses efforts pour se rappeler l'air entendu et qu'elle reviendrait vers lui. Il aurait dû prévoir que Bredford se perdrait dans le marché de Covent Garden et l'y accompagner. Mais, à quoi bon regretter ? ce qui est fait est fait.

— Clarence, nous ne valons pas grand-chose comme détectives et nous mériterions qu'on nous remette à la circulation.

Bredford était habitué à ces sautes d'humeur et savait qu'il fallait y répondre avec jovialité sous peine de voir le monologue de George-Herbert s'enfoncer dans le pessimisme le plus noir.

— Ce serait bien délicat de trouver un uniforme à votre taille, monsieur !

Subitement détendu, Fatty Morgan éclata de rire ; puis, glissant son bras sous celui de son adjoint :

— Nous voici à Leicester Square. J'ai envie d'apporter une bonne nouvelle à quelqu'un cette nuit. Nous ne sommes pas tellement loin de Sutton Street. Je suis sûr que Mrs. Moriss ne nous en voudra pas de la réveiller et je parie qu'elle nous offrira une tasse de thé.

En arrivant devant la maison de Mrs. Moriss, les deux policiers furent surpris de voir que de la lumière filtrait encore entre les fentes des volets. Morgan s'en montra ému.

— Elle l'attend toujours. C'est idiot, mais c'est

bougrement sympathique. Voyez-vous, Clarence, c'est quand on se rend compte qu'il existe des femmes comme Mrs. Moriss que l'on se demande si l'état de célibataire est vraiment le meilleur du monde. Il est vrai que, pour vous, la question ne se pose plus. D'ici quelques semaines, c'est votre Pearl qui guettera votre retour !

George-Herbert flanqua une bourrade de bonne amitié à son adjoint.

— J'ai l'impression que j'en recevrai des coups de téléphone lorsque vous serez retenu au bureau.

Fatty Morgan se sentait tellement heureux à l'idée de la joie qui allait être celle de Mrs. Moriss qu'il ne prêta pas attention au visage de Bredford, subitement obligé de repenser à Pearl et à son abandon. Certes, ce n'était pas la première fois que Clarence voyait s'écrouler ses rêves de bonheur conjugal ; mais, jusqu'à présent, c'était toujours de lui que venait la rupture. Il souffrait d'avoir perdu Pearl, mais sa souffrance était fortement teintée d'humiliation. Il fut sur le point de révéler sa disgrâce à son supérieur, mais il redouta des railleries qu'il eût difficilement supportées.

Son allégresse intérieure et l'aide solide tout autant qu'efficace de Clarence firent que Morgan grimpa les trois étages sans trop souffler. Discrètement, ils frappèrent à la porte de Mrs. Moriss. Comme on ne répondait pas, ils cognèrent un peu plus fort. Toujours le silence malgré la lumière. Malgré lui, Bredford revit les deux chambres auxquelles il avait vainement frappé dans les dernières vingt-quatre heures et il eut peur de ce qui pouvait encore y avoir derrière cette porte-là. Morgan songea que Mrs. Moriss avait pu mourir subitement ou peut-être se suicider en croyant ne plus revoir son mari et, lui aussi, se mit à avoir peur. Il ne voulait pas être indirectement responsable d'une troisième mort. Les deux hommes se regardèrent et comprirent que, bien que passant par des chemins différents, ils aboutissaient à une angoisse identique. George-Herbert n'eut pas besoin de donner un ordre à son adjoint qui, déjà avait sorti son trousseau de clefs. Il eût tôt fait d'ouvrir. Le cœur battant, ils entrèrent et regardèrent tout de suite le salon-salle à manger que Morgan connaissait. Sans se concerter, ils poussèrent un soupir de soulagement en constatant qu'il n'y avait personne. Fatty appela à mi-voix :

— Mme Moriss ?

L'appel resta sans écho. L'inspecteur-chef alla gratter à une porte qu'il estimait être celle de la chambre, tandis que Bredford jetait un coup d'œil dans la cuisine. Il fallait se rendre à l'évidence : bien qu'il fût plus de trois heures du matin, Mrs. Moriss n'était pas chez elle. Au moment où Clarence s'apprêtait à se livrer à quelques commentaires, son chef lui prit vivement le bras pour le faire taire. On entendait tourner une clef dans la serrure. Mrs. Moriss entra et, tout naturellement, se dirigea vers le salon-salle à manger, tout en interrogeant :

— Stephen ?

A la vue des policiers, la vieille dame eut un mouvement de recul.

— Vous ?... Mais, comment êtes-vous entrés ?

Le sergent détective regarda George-Herbert en se demandant comment il allait s'en tirer, mais Fatty n'était pas de ceux que l'on prend facilement au dépourvu.

— Tout simplement par la porte, madame. Nous avions aperçu la lumière et comme on ne répondait pas, nous avons craint un accident et c'est pourquoi nous nous sommes permis d'entrer chez vous sans y être autorisés.

— Il faut donc, messieurs, que je vous remercie... Et mon mari ? Avez-vous des nouvelles ?

— Il est à Scotland Yard et se repose.

— Dieu soit loué !

— Il sera de retour chez vous dans quelques heures et pourra recommencer à vivre tranquillement, en tâchant d'oublier les mauvais moments que sa faiblesse lui aura fait passer.

Mrs. Moriss ferma les yeux et murmura:

— Merci.

Et puis, fatiguée, sentant tout d'un coup son immense lassitude, maintenant qu'elle n'avait plus à trembler, elle s'assit sous la lampe. En même temps, Morgan et Clarence virent les larges taches de sang qui maculaient son corsage. Il y eut un court silence que Fatty rompit en trébuchant quelque peu sur les mots et Clarence comprit que son chef perdait pied devant l'hypothèse qu'il lui fallait envisager.

— Madame Moriss... J'ai failli ramener votre mari avec nous. Il aurait été... troublé de ne pas vous trouver chez vous à cette heure-ci ?

Elle sourit.

— J'étais sortie, espérant qu'il se tenait quelque part dans les environs et qu'il n'osait pas s'approcher, craignant que la police ne l'attendît. Je l'aurais ramené... et j'avais laissé la lumière au cas où il serait arrivé en mon absence.

— Etes-vous allée du côté de Covent Garden, madame Moriss ?

— Oui, entre autres, pourquoi ? Vous m'y avez vue ?

George-Herbert devina l'effarement de son adjoint. Lui-même sentit une gorgée de bile lui remonter dans la bouche. Il aurait voulu vomir. Ce sang sur le corsage de la très respectable, de la très tendre, de la très dévouée Mrs. Moriss... Non, quand même, il y avait des limites à l'horreur ! L'inspecteur-chef se cabra devant l'évidence. Il refusait l'explication trop facile qui lui venait immédiatement à l'esprit : l'épouse jalouse qui — de son propre aveu — a suivi son mari et sa maîtresse, tue cette dernière le jour où elle se rend compte que son époux est sur le point de la quitter définitivement. Le déguisement qui abuse miss Carpenter, mais l'erreur de la chanson typique fredonnée. Alors, il faut tuer Dora qui ne se méfie pas, qui ne peut pas se méfier de Mrs. Moriss et il faut tuer Cromwell qui, pour son malheur, a été mis au courant. Sous prétexte de chercher son mari en fuite... Tout s'enchaîne affreusement, logiquement, facilement... trop facilement. Fatty Morgan n'avait plus du tout envie de boire du thé. Il aurait préféré quelque chose de plus fort.

— Quelque chose qui ne va pas, monsieur l'inspecteur ?

George-Herbert se secoua, rappelé à la réalité. La nuit, la fatigue étaient les causes de ces divagations. Quand même, il demanda :

— De quelle région de l'Angleterre êtes-vous, madame Moriss ?

— Du Sussex. Pourquoi ?

— Je cherche des gens qui pourraient me renseigner sur le Devon.

— Le Devon ? Je n'y suis jamais allée. Je le regrette, il paraît que c'est une région charmante.

— Madame Moriss...

— Oui ?

— Vous avez du sang sur votre corsage...

La vieille dame se troubla.

— C'est vrai. Je suis honteuse et vous voudrez bien m'excuser, mais vous ne m'avez pas laissé le temps de me changer. J'ai été prise d'un violent saignement de nez...

— Montrez-moi votre mouchoir ?

Elle le regarda avec effarement devant cette incorrection, mais le visage du policier était si fermé, si dur, qu'elle n'osa pas refuser d'obéir malgré sa gêne. En voyant le mouchoir souillé de taches rouges, Fatty Morgan respira et sourit.

— Je vous remercie. Eh bien ! nous allons vous quitter, madame Moriss. D'ici quelques heures, votre mari sera là. Il faut attendre que le personnel du Yard, habilité à procéder aux formalités administratives, soit de retour.

Morgan et Bredford avançaient côte à côte, regagnant le Yard. Ils ne parlaient pas, chacun occupé à dresser le bilan de ce qu'il savait des trois crimes et de ce qu'il ignorait. Ils avaient dépassé Trafalgar Square, lorsque George-Herbert remarqua :

— Vous aussi, Clarence, vous avez cru un moment qu'elle pouvait être la coupable ?

— Oui.

— Vous voyez comme nous devons nous méfier de l'imagination. Un peu de sang sur un corsage et notre raison s'affole, bat la campagne. La logique s'effondre en face de ce qu'on prend pour un indice qui soulagerait notre paresse et nous apporterait la solution. Comme si Dora Carpenter avait pu confondre cette petite bonne femme, même déguisée, avec un homme ! Et puis, le couteau n'est pas une arme féminine. Enfin, Mrs. Moriss n'était pas à *La Pomme de Pin* lorsque Cromwell a parlé. Alors, oublions ces divagations, Bredford, et mettons-nous sérieusement au travail.

Ils longeaient la caserne des Horse Guards et, dans Whitehall désert, leurs pas résonnaient longuement. Le cadre, bien qu'il leur fût familier, impressionnait toujours les deux hommes. Ils attendirent d'être presque arrivés au Yard pour reprendre leur conversation.

— Alors, qu'est-ce que je fais ?

— Vous allez rentrer chez vous et vous reposer, Clarence. Avant d'en faire autant, je vais donner des instructions pour qu'on rassemble le plus de renseignements possibles sur Dora Carpenter. Il faut savoir d'où elle vient exactement, car le Devon est grand. Je vous attends vers onze heures. Bonne nuit !

— Bonne nuit, chef !

Bredford parti, Morgan, avant d'entrer au Yard, regarda le décor paisible qui l'entourait. Il ne ressentait plus la lassitude qui, quelques instants plus tôt, l'écrasait. Entre l'assassin et lui, la dernière manche se jouerait très vite et George-Herbert savait que, comme d'habitude, il la gagnerait. Ce n'était plus qu'une question de jours, d'heures peut-être, mais il aurait le tueur, car il ne pourrait plus jamais penser à Dora Carpenter sans remords, tant qu'il n'aurait pas passé les menottes à son meurtrier. L'inspecteur-chef respira largement l'air de la nuit. C'est dans ces moments-là qu'il aimait le mieux son métier. Deux hommes s'opposaient dans un duel sans merci et Londres endormi ne soupçonnait rien de cette lutte féroce où l'un des antagonistes perdrait fatalement sa liberté, sinon la vie. L'assassin, qui connaissait Morgan, devait se douter que le policier ne lâcherait pas et peut-être qu'à cette heure-ci, couché dans un lit où il ne parvenait pas à trouver le sommeil, il se tournait et se retournait, en se demandant ce que Fatty préparait. Il commençait à payer. Pour tenter de se rassurer, il devait se répéter que ces trois cadavres effaçaient ses traces et qu'on ne pourrait remonter jusqu'à lui. Mais croyait-il seulement à son mensonge ? George-Herbert le harcèlerait, le traquerait jusqu'à ce que la peur l'oblige à la fausse manœuvre qui le ferait se trahir. Alors, ce serait fini. Phyllis, Dora, Cromwell enfin vengés, pourraient reposer en paix. Oui, un rudement beau métier...

CHAPITRE VIII

Bredford était de nouveau en pleine possession de ses moyens lorsque à onze heures sonnant il entra chez Fatty Morgan. Il croyait bien se trouver le premier au rendez-vous, mais l'inspecteur-chef était déjà là, assis dans son fauteuil, avec lequel il semblait faire corps. Ses traits légèrement creusés, le cendrier rempli, donnèrent à penser au sergent détective que son supérieur n'avait pas bougé du Yard depuis leur séparation nocturne. Les joues parfaitement rasées de George-Herbert et son linge impeccable ne prouvaient pas qu'il fût rentré chez lui, car il possédait une véritable garde-robe dans une petite pièce s'ouvrant derrière son bureau, avec un cabinet de toilette. Clarence ne demanda pas à l'inspecteur-chef des nouvelles de sa santé, éprouvant quelque honte à l'idée que tandis qu'il dormait, le « vieux » continuait à travailler.

— Bien dormi, Bredford ?

— Peu, mais bien.

— En forme ?

— Je le crois.

— Parfait, car vous partez en voyage.

— Ah ?

Morgan examina son adjoint à travers ses paupières mi-closes.

— Ça vous embête, hein ? A cause de cette charmante miss Pearl, sans doute ? Mais il vaut mieux l'habituer tout de suite à vos absences inopinées. Ainsi, quand elle sera votre femme...

Clarence l'interrompit.

— Pearl ne sera jamais Mrs. Bredford, monsieur. Nous avons rompu hier soir. Elle ne comprend pas que je fréquente des cadavres.

— Dois-je vous présenter mes condoléances ?

— Inutile. Nous n'étions vraisemblablement pas faits l'un pour l'autre. Il vaut mieux que nous nous en soyons aperçus avant qu'après.

— Exact. Vous voilà donc disponible sans remords. Vous prendrez à Paddington Station le train d'Exeter, à midi trente. Vous serez là-bas vers seize heures. Arrivé dans cette charmante ville du Devon, vous vous débrouillerez pour vous rendre à Lapford...

— Lapford ?

— C'est là que Dora Carpenter a été élevée.

— Et j'y ferai quoi ?

— Vous y chercherez une miss Gloria Knighton qui fut la nourrice de Dora Carpenter et, lorsque vous l'aurez trouvée, vous lui demanderez qu'elle était la chanson dont elle berçait son nourrisson, il y a dix-huit ou vingt ans.

— Et quand j'aurai ce renseignement ?

— Vous reviendrez à toute vitesse, car vous saurez, ou presque, qui a tué Phyllis, Dora et Cromwell, et nous irons l'arrêter.

Bredford parti, Morgan se sentit mieux. Maintenant, tout était déclenché. Un petit coup de pouce par-ci, une légère pression par là et la nasse se refermerait sur celui dont il ignorait encore le visage. Cette chanson que le meurtrier ne voulait pas que l'on connaisse, Clarence allait la rapporter de Lapford et ce serait fini. En attendant le retour de son adjoint, Fatty décida de déblayer le terrain pour que tout fût bien en place au moment de la scène finale.

Stephen Moriss était rentré chez lui, discrètement, sur la promesse de ne se montrer à personne, de ne rencontrer quiconque avant le soir. L'inspecteur-chef voulait être le premier à annoncer sa libération et son innocence dans Soho. Les journalistes accrédités au Yard ne seraient mis au courant que dans l'après-midi, de manière à ne pouvoir rien écrire avant les éditions de la fin de la journée. En quittant son bureau, Morgan se rendit chez le chef de la police qu'il mit au courant de ses plans et à qui il promit l'arrestation du coupable dans les quarante-huit heures. Le grand patron s'en montra satisfait et déclara à George-Herbert que, s'il tenait parole, il pourrait aller passer huit jours sur le continent pour se remettre de ses fatigues et continuer ses études au sujet de la gastronomie française, car tout le monde à Scotland Yard était au courant de la passion gourmande de Fatty.

Pour dissiper la torpeur qui commençait à l'envahir, par suite de sa nuit blanche, l'inspecteur-chef décida de s'imposer une longue marche qui le réveillerait. En le voyant sortir du Yard, le policeman qui montait la garde à l'entrée comprit que Morgan était sur le point de saisir son gibier rien qu'à le voir passer d'un pas vif et répondre gaiement à son salut.

Londres connaissait une de ces journées ensoleillées et fragiles d'un début de printemps encore bien timide. Le soleil n'était pas encore assez fort pour dissiper complètement la brume dont les longues écharpes traînaient au-dessus de la Tamise mais, déjà, St James Park et ses feuillages au vert tendre affirmaient le renouveau. Sur le Mall, les gens que l'on croisait avaient l'air heureux de vivre. Tous les magasins de Regent's Street prenaient une allure de fête et, dans Soho, George-Herbert se mêla avec délices à une humanité grouillante où se mélangeaient tous les idiomes de la terre.

A *La Pomme de Pin*, on discutait ferme. La mort de Cromwell, que tous les habitués connaissaient, suscitait des commentaires passionnés, mais personne n'établissait le moindre rapport entre cet assassinat et celui des deux jeunes femmes dont on croyait encore Stephen Moriss coupable. L'entrée de Morgan fit sensation. On se tut pour le regarder avancer, comme s'il apportait la réponse aux questions posées, mais, dédaignant l'attention dont il était l'objet, Fatty gagna la table où Longhins, Healey et Larson s'interrogeaient sur ces meurtres inexplicables, non sans avoir familièrement salué Mrs. Longhins, dont il était le client préféré. On prit à peine le temps de lui souhaiter le bonjour avant de lui demander ce qu'il pensait de la mort de Cromwell et Longhins remarqua tout de suite qu'on disait que le clochard avait été assassiné de la même façon que Phyllis Balebrook.

— ... Et de la même manière que Dora Carpenter, souligna le policier.

On avait appris par les journaux la fin de miss Carpenter, tandis que celle du clochard n'était encore chuchotée que de bouche à oreille, dans Soho. Healey soupira :

— Vous ne m'ôterez pas de l'idée que Moriss est fou. Quel besoin avait-il d'égorger cette malheureuse Carpenter avant d'être arrêté ? Qui aurait pensé, cette nuit, monsieur Morgan, lorsque Cromwell est venu vous prévenir que miss Carpenter voulait vous voir, qu'il vous envoyait à une morte ?

— Une morte qu'il devait rejoindre avant moi, monsieur Healey.

Ils se turent. Aucun n'osant prendre l'initiative de dire tout haut ce que chacun pensait tout bas, ils s'observaient à la dérobée. Larson, nerveux, vida son verre d'un trait avant de déclarer :

— Elle était gentille, cette petite Dora. Pourquoi diable l'a-t-on tuée ?

George-Herbert bourra sa pipe sans se presser,

attendant une observation qui ne vint pas. Alors, il répondit à la question par une autre question.

— Et pourquoi a-t-on tué Cromwell, monsieur Larson ?

Healey demanda :

— Parce que vous liez les deux crimes, monsieur Morgan ?

— Les trois, monsieur Healey. Cela ne vous semble pas évident ? Il n'y a pourtant aucun doute, croyez-moi : Phyllis Balebrook, Dora Carpenter et Cromwell ont été assassinés par le même homme.

— Je ne connaissais ni miss Balebrook, ni miss Carpenter ; par contre, je ne vois vraiment pas quel ennemi Cromwell aurait pu se faire ?

Longhins fut sur le point de dire quelque chose, mais après une hésitation, nettement perceptible, il préféra se taire. Larson revint à la charge.

— Enfin, monsieur Morgan, si Moriss a tué miss Balebrook, pourquoi aurait-il tué miss Carpenter ? Elle n'était quand même pas sa maîtresse, celle-là aussi ! Et Cromwell ? Mais, que je suis sot ! Il ne peut pas être le meurtrier de notre clochard puisque ce dernier était encore avec nous quand on vous a téléphoné l'arrestation de Stephen ?

— Vous voyez comme c'est simple ? Il suffit de réfléchir. Moriss n'a pu assassiner Cromwell, donc il n'est pas l'assassin de Cromwell. Pourquoi aller chercher plus loin ? Il faut toujours se soumettre aux évidences.

— Mais, à l'instant, vous disiez que c'était le même homme qui avait commis les trois meurtres ?

— J'en demeure absolument convaincu, monsieur Larson.

Complètement abasourdi — ou feignant de l'être — le jeune homme se tourna vers Healey et Longhins, comme pour quémander une aide. Mais les deux autres, attentifs, guettaient ce que le policier allait dire, ce qu'il ne pouvait manquer de dire. George-Herbert but tranquillement deux ou trois gorgées de son verre d'ale puis, le repoussant légèrement, il s'appuya des coudes sur la table et s'adressant au fiancé de Margaret :

— Monsieur Larson, tout cela vous paraît un peu incohérent parce que vous partez d'une conviction erronée, à savoir que Stephen Moriss a tué Phyllis Balebrook...

Malgré son impassibilité habituelle, Healey sursauta :

— Voudriez-vous exprimer, par là, monsieur Morgan, que Moriss est innocent du crime pour lequel vous l'avez arrêté ?

— Entendons-nous bien, monsieur Healey, je n'ai pas fait arrêter Moriss en tant que meurtrier de Phyllis Balebrook, mais parce qu'il avait fui et que je voulais qu'il nous donnât les raisons de sa fuite. Ce n'est pas tout à fait la même chose, n'est-ce pas ?

— Et... il vous les a données ?

— Il me les a données.

— Alors ?

— Alors, Moriss est rentré chez lui ce matin, lavé de tous soupçons.

Longhins donna un coup de poing sur la table avant de crier :

— Eh bien ! voilà la meilleure nouvelle que j'aie entendue depuis longtemps ! Dolly ?

Mrs. Longhins accourut.

— Dolly, Mr. Morgan vient de nous annoncer que l'innocence de notre ami Moriss était reconnue et qu'il avait rejoint sa femme !

— Béni soit ce jour, John !

— Remplissez tous les verres, Dolly, à mon compte, et lorsque Moriss entrera ici pour la première fois, je propose qu'on le reçoive avec un triple hurrah !

Larson estima qu'on devrait chanter *It's a folly good fellow !* et que, d'ores et déjà, il demandait qu'on inscrive à son débit tout ce que boirait le camarade retrouvé. Seul, Healey ne semblait pas partager la joie de ses amis. Longhins lui en fit la remarque et il haussa les épaules.

— Je n'ai jamais bien cru à sa culpabilité et ce

que nous apprend Mr. Morgan ne m'étonne pas tellement. Seulement, si ce n'est pas Stephen Moriss, qui donc a tué ?

Fatty sourit.

— Pour cela, rassurez-vous, monsieur Healey ; je pense être bientôt en mesure de répondre à cette question. L'assassin a perdu la tête en tuant miss Carpenter et Cromwell, car, non seulement, il innocentait Moriss, mais du même coup, il restreignait le champ de nos recherches. C'est pourquoi je dis que son arrestation ne saurait beaucoup tarder maintenant.

— Voulez-vous nous faire admettre, monsieur Morgan, que vous savez où il se cache ?

— Exactement, monsieur Healey.

D'une même voix, ils demandèrent tous les trois :

— Où ?

George-Herbert les regarda paisiblement. Il prit le temps de rallumer sa pipe et, d'une voix détachée, comme s'il s'agissait d'une constatation banale à la portée de n'importe qui :

— Mais... ici.

Longhins se dressa d'un élan ; Larson, dans un mouvement involontaire, renversa son verre et Healey, tout son flegme disparu, ne put retenir une exclamation de surprise. Le patron de *La Pomme de Pin* faisait un effort terrible pour se calmer. Il ouvrait et fermait la bouche spasmodiquement, pareil à un poisson jeté sur le rivage. Enfin, il put articuler d'une voix enrouée :

— Monsieur Morgan, ma maison est une maison honorable et... et je n'accepte pas que... que vous prétendiez qu'il y a un assassin chez moi !

— Je ne dis pas qu'il y est, mais qu'il y est venu.

Très pâle, Longhins se laissa retomber sur sa chaise. Larson voulait en savoir davantage.

— Nous... nous le connaissons ?

— Sûrement. En tout cas, vous l'avez vu.

— Quand ?

— Hier soir.

A son tour, Healey intervint :

— Ne pouvez-vous nous donner plus de détails, monsieur Morgan ?

— Mais, volontiers. Voulez-vous que nous reprenions l'histoire depuis le début ? Phyllis Balebrook est égorgée par un inconnu. On soupçonne tout de suite Stephen Moriss, dont elle était la maîtresse, et qui, affolé par ce cadavre, se sauve. Si le vrai meurtrier ne bouge pas, Moriss ne peut pas se tirer d'affaire. Tout est contre lui, sauf...

— Sauf ?

— Sauf qu'on a trouvé une centaine de livres dans le sac de la victime. De toute évidence, ce n'est pas Moriss qui les lui a données, il n'en a pas les moyens, comme nous l'apprenons par la suite. Il y avait donc quelqu'un d'autre dans la vie de Phyllis Balebrook, et ces cent livres prouvent encore que le crime n'est pas un crime crapuleux. On n'a pas tué pour voler. Jusqu'à hier soir, le meurtrier aurait pu dormir tranquille, s'il n'avait eu la malchance de rencontrer Dora Carpenter au moment où il allait chez celle qu'il devait égorger. Miss Carpenter reconnaît la chanson que sifflait le meurtrier en passant près d'elle, mais elle ne se souvient ni du titre, ni des paroles. Elle fouille dans sa mémoire et, brusquement, trouve. Elle se précipite au Yard pour me faire part de sa découverte, mais je suis absent. Alors, rentrant chez elle, elle rencontre Cromwell à qui elle confie ses soucis et peut-être le titre de la chanson qu'elle s'est rappelé. Ici, Cromwell me fait part du désir de Dora de me voir. Il ne rapporte pas tout ce qu'elle lui a dit, car il a deviné qui était l'assassin, l'assassin qui est là, qui l'écoute, et il prend peur. Le meurtrier aussi a peur, car il se sait perdu. Mais la chance est encore de son côté : je n'ai pas l'adresse de Dora Carpenter, que mon adjoint a emportée. D'autre part, l'arrestation de Morris m'oblige à regagner le Yard. Alors, il joue le tout pour le tout et, perdu pour perdu, se rend chez miss Carpenter. Il v arrive le premier et la tue. En apprenant la mort de

Dora, je devine que Cromwell est en danger. Mais le tueur, de son côté, se doute du sens de mes réflexions et que, fatalement, je me rabattrai sur le clochard. Il va à Covent Garden et, une fois encore, met la main sur sa victime avant la police, et c'est le troisième cadavre. Il est devenu une bête féroce qui, traquée, se défend. Or, il a été prévenu en même temps que moi par Cromwell, et je n'ai vu Cromwell qu'ici. Concluez.

Ils ne savaient quoi répondre. La démonstration du policier leur semblait irréfutable. Etait-il donc possible qu'ils aient côtoyé le tueur sans s'en douter ? Un peu naïvement, ils s'imaginaient qu'un criminel ne ressemble pas aux autres hommes. En songeant qu'il s'agissait peut-être d'un paisible habitué à qui, si cela se trouvait, ils avaient rendu son salut, ils se sentaient désemparés. Fiévreusement, nerveusement, ils tentaient de se rappeler les visages de ceux qui étaient présents lorsque Cromwell avait averti l'inspecteur, mais ils n'y parvenaient pas. Comment savoir si cette face lunaire, si cette figure anguleuse, c'était ce matin, hier, avant-hier qu'ils l'avaient remarquée ? Il y avait même quelque chose d'affolant à penser à tous ces gens qu'on croisait et dont on ne savait pratiquement rien. A l'idée qu'avec un peu plus d'attention, un peu moins d'indifférence, ils auraient pu désigner l'assassin, ils éprouvaient un sentiment de gêne qui était presque de la honte.

Longhins résuma l'impression de ses amis et la sienne en grommelant :

— Ce n'est pas croyable ! L'assassin, ici, et l'on n'a rien vu, rien su ? Ce n'est pas croyable ! C'est la première fois qu'une chose pareille arrive dans notre maison. Si ça se répète, plus personne ne viendra à *La Pomme de Pin.*

Morgan le calma.

— Allons, Longhins, allons, vous n'êtes pas tenu par la loi d'exiger de chaque client qu'il vous montre ses papiers ! D'autant plus que le criminel qui nous intéresse possède sûrement des papiers parfaitement en règle, des papiers d'honnête homme, de l'honnête homme qu'il a peut-être été jusqu'au soir où — pour des raisons que nous ignorons encore — il a égorgé Phyllis Balebrook.

A bout de nerfs, Larson cria :

— Mais, pourquoi ? Pourquoi ? Pourquoi ?

Surpris, l'inspecteur-chef le toisa.

— Reprenez-vous, monsieur Larson, je vous en prie ! Pourquoi ? Mais c'est justement une des questions que j'ai à résoudre ; l'autre étant : Qui ?

— Excusez-moi, monsieur Morgan, mais ces deux filles, je les connaissais un peu et...

— Je sais, monsieur Larson.

Quelque chose dans le ton du policier fit tressaillir le jeune homme :

— Vous ne voulez pas dire que... que vous me soupçonnez ?

— Je suis obligé de soupçonner tout le monde, monsieur Larson ; mais pas plus spécialement vous qu'un autre.

Healy intervint hargneusement comme à son ordinaire.

— Vous ne pouvez tout de même pas faire porter vos soupçons sur ceux qui n'ont jamais vu ces filles ?

— Bien sûr que non, ou alors il me faudrait suspecter toute la population de Londres ! Non, ce que je vais faire, c'est interroger les gens qui se sont trouvés là lorsque Cromwell m'a fait part de la démarche inutile de Dora Carpenter, au Yard, et leur demander leur emploi du temps entre dix-sept et dix-neuf heures, le soir du meurtre de Phyllis Balebrook.

— Ce n'est pas difficile.

— Vous le pensez vraiment, monsieur Healey ? Eh bien, c'est justement le côté le plus déprimant de notre métier, car tous les témoins que nous questionnons semblent du même moment être brouillés avec la logique et avoir perdu la mémoire. Il n'y en a pas un sur dix capable de se rappeler ses faits et gestes vieux de quarante-huit heures. Vous ne me croyez pas ? Alors, voulez-vous que nous tentions l'expérience ? Qu'avez-vous fait mardi dernier entre dix-sept et dix-neuf heures ?

Healey regarda longuement le policier, puis se mit à rire.

— Vous êtes très fort, monsieur Morgan, mais ce n'était pas la peine de prendre un pareil détour pour me demander l'emploi de mon temps. Mardi, j'ai quitté mon magasin de Clerkenwell Road à seize heures, comme d'habitude, et, comme d'habitude encore, je suis allé en flânant jusqu'à Lower Thomas Street, chez Mr. Jacobus Hobson, où je suis arrivé vers dix-sept heures. A dix-neuf heures, je suis parti et ai gagné Oxford Street pour dîner ; ensuite, je suis venu ici finir ma soirée. Je le regrette pour vous, mais je n'ai pas pris le loisir d'égorger une fille inconnue en guise d'apéritif. Cela vous satisfait-il ?

— Ma satisfaction n'entre pas en ligne de compte... Et vous, monsieur Larson ?

Larson sursauta.

— Mais je ne vois pas pour quelles raisons... ?

Sarcastique, Healey l'interrompit.

— Uniquement pour savoir si, sous votre aspect anodin, vous n'êtes pas un disciple de Jack l'Eventreur.

— Je n'aime pas ce genre de plaisanterie, monsieur Healey !

— Dites-le à l'inspecteur, mon cher.

Ne voulant pas laisser s'envenimer les choses, ni créer de diversion, Morgan revint à ses préoccupations.

— Le résumé de votre emploi du temps, mardi, entre dix-sept et dix-neuf heures, me suffira, monsieur Larson.

— En sortant de mon agence, j'ai trouvé Margaret qui m'attendait. Nous sommes allés nous promener comme nous le faisons tous les jours. Nous avons pris un thé sur le Strand. Ensuite, j'ai accompagné ma fiancée jusqu'au *Triumph* et, de là, j'ai gagné *La Pomme de Pin.* Je n'ai tué personne, monsieur Morgan, je vous le jure !

Sans répondre à cette dernière apostrophe, George-Herbert félicita ironiquement les deux hommes :

— Sans doute, avez-vous voulu me faire mentir ? C'est en effet remarquable la précision avec laquelle vous vous souvenez de tout ce que vous avez fait. Je souhaiterais que tous ceux que j'interroge vous ressemblent. Avec votre permission, maintenant, je vais regagner mon bureau.

Healey protesta :

— Et pourquoi ne questionnez-vous pas Mr. Longhins ? Peut-être estimez-vous qu'il a moins l'air d'un assassin que Larson ou moi-même ?

Morgan haussa les épaules :

— Mr. Longhins est toute la journée ici. Enfin, puisque vous y tenez... Je vous écoute, Longhins ?

— Eh bien, mais... j'ai dû servir des clients ?

Se grattant longuement le crâne, il ajouta :

— Je pense que je vais devenir rudement suspect à vos yeux, monsieur Morgan, car, du diable si... Voyons... Non, rien à faire, je ne me rappelle pas. J'ai peur que vous n'ayez plus qu'à m'emmener à Scotland Yard.

— Rassurez-vous, ce sont les gens qui ont des mémoires sans défaillance, autrement dit ceux qui possèdent des alibis irréfutables qui, par principe, nous sont les plus suspects.

Healey ricana :

— Je présume que c'est pour Mr. Larson et pour moi que vous dites cela ?

Fatty commençait à s'énerver.

— Je comprends mal votre attitude, monsieur Healey.

— Tandis que moi, je comprends très bien la vôtre, monsieur Morgan.

Longhins appela sa femme :

— Dolly !

Et quand elle les eut rejoints :
— Dolly, si vous ne voulez pas me voir condamner à la corde ou au Hard Labour, essayez donc de vous souvenir de ce que j'ai fait mardi entre dix-sept et dix-neuf heures ?
— Mais John, n'est-ce pas ce jour-là que vous avez mis en bouteilles votre fût de porto ?
Le cafetier tapa dans ses mains.
— Sauvé ! Dolly vous êtes la meilleure des femmes ! Un porto, messieurs, dont vous me direz des nouvelles... J'en ai placé un flacon de côté pour vous, monsieur Morgan, car vous êtes un fin connaisseur... Voulez-vous venir le prendre tout de suite ?
— Je dois rentrer au Yard.
— Il y en a pour une minute, venez donc !
Un peu surpris, George-Herbert, ayant salué Healey et Larson, suivit Longhins dans sa cave. Lorsque le policier vit la figure grave de son hôte, il comprit.
— Vous vouliez me parler en particulier ?
— Je vais faire quelque chose de pas très joli, mais quand je pense à Phyllis Balebrook, je me dis que je n'ai pas le droit d'hésiter...
— Et pourtant, vous hésitez ?
— Ce n'est jamais agréable de trahir un ami.
— Qui vous y oblige ?
— Ma conscience.
— Il s'agit de Healey, n'est-ce pas ?
— Comment avez-vous deviné ?
— Peu importe... Je vous écoute.
— Eh bien ! voilà... Ça fait plusieurs fois que Mr. Healey, en votre présence, déclare qu'il ne connaissait pas Phyllis Balebrook.
— Et alors ?
— Et alors, ce n'est pas vrai.
— Ah ?
— Je l'ai rencontré avec elle.
— Vous êtes certain qu'ils étaient vraiment ensemble ?
— Il la tenait par le bras.
— Je vous remercie, Longhins... Je me doutais qu'il

y avait quelque chose de ce côté... Je sentais qu'Healey avait peur de quelque chose ou de quelqu'un... Il craignait que j'apprenne ses relations avec la morte... Savez-vous quand sa femme doit rentrer du sanatorium ?

— Au début de la semaine prochaine, je crois.

— Ce serait peut-être l'explication...

Dans le train qui l'emportait vers le Sud-Est, Bredford n'avait cessé de songer à Pearl. Les forêts reverdies du Hampshire l'attendrissaient et la nostalgie émanant des landes du Devon intérieur l'inclinait à une mélancolie qu'il dut secouer à Exeter pour sauter dans le train de Barnstaple qui le déposa à Lapford moins d'une heure plus tard.

En débarquant à Lapford, Clarence n'abandonna pas pour autant son charmant fantôme et, tandis qu'il avançait à travers la petite ville, il pensait que si Dora Carpenter s'était fait tuer ailleurs que chez elle, Pearl serait avec lui. Mais il eut honte de cette pensée par trop égoïste car miss Carpenter était vraiment gentille et il tourna sa colère contre le meurtrier dont, par la grâce de Fatty Morgan, il allait peut-être nouer ici même le nœud qui l'étranglerait. Plein d'une ardeur nouvelle — car il lui fallait non seulement venger les deux victimes du monstre, mais encore lui faire payer la mort de ses propres amours — Bredford entra dans le premier hôtel rencontré et qui portait fièrement comme enseigne *La Rose du Devon.* Il y fut reçu avec une certaine méfiance par une forte femme dont la lèvre supérieure s'ornait d'une moustache dont se serait orgueilleusement contenté un adolescent ambitionnant de se faire prendre pour un homme. Elle regarda soupçonneusement le sergent détective comme s'il avait été l'estafette d'une bande de détrousseurs, et mit la plus mauvaise grâce du monde à convenir qu'elle pourrait faire rôtir une tranche de jambon, trouver deux œufs, qu'il lui serait possible de dénicher dans son garde-manger un morceau de cake et qu'elle ne se croirait pas damnée si elle se risquait à apporter un pot de thé à son client. Elle se retira en poussant un soupir voulant sans doute signifier que servir des types du genre de Clarence constituait un des supplices raffinés que l'Eternel réserve sur cette terre à ceux qu'il aime bien et qu'il entend dispenser de tout stage au purgatoire avant de les admettre dans son Paradis.

La salle où Bredford attendait qu'on veuille bien le servir était beaucoup plus sympathique que sa propriétaire. D'antiques boiseries montaient jusqu'à mi-hauteur des murs où elles se terminaient par des sortes d'étagères où l'on avait déposé de ces vieux étains qui font la gloire de l'Angleterre. La cible d'un jeu de flèches étalait ses zones colorées et, rangées dans l'ordre du déroulement de la course, des gravures de F. C. Turner racontaient les différentes phases du steeple-chase de Vale of Aylesbury qui s'était couru le 11 février 1934. Un café typiquement britannique et Clarence sentit sa tendresse pour la mère-patrie lui serrer la gorge. Il était un incorrigible sentimental. Comme il eût été plaisant d'être assis dans ce silence chaud en compagnie de Pearl. Un appétissant en-cas arracha le jeune policier à sa rêverie amoureuse. A sa grande surprise, ce fut une adorable jeune fille qui lui apporta le plateau contenant son déjeuner. Elle lui souhaita le bonjour d'une voix qui parut à Clarence renfermer toutes les harmonies du monde. Il ne put éviter de lui adresser un compliment sur son visage et sur sa grâce. Elle rit sans aucune gêne. Mais, à ce moment, de la cuisine, parvint un appel impératif. Bredford eut quand même le temps de saisir la main de la petite.

— Vous allez revenir, n'est-ce pas ?

— Pour quoi faire ?

— Je voudrais vous demander quelque chose.

Terrible, la patronne apparut sur le seuil.

— Et la vaisselle, Pénélope, autant dire qu'elle ne vous intéresse pas ! Est-ce que vous vous imagineriez, par hasard, que je vous paie pour faire votre travail ? Croyez-vous que feu Spencer Davis Barborough, mon époux, s'est tué à la tâche pour que sa femme légitime devienne la servante de sa servante ?

Pénélope s'éclipsa prestement. Déjà, Bredford était reparti dans ses songes, mais des songes qui avaient pris une autre couleur. Pénélope ! Cette adorable enfant s'appelait Pénélope ! N'était-ce pas miraculeux ? Car, enfin, tel Ulysse, lui, Clarence, il débarquait dans ce Lapford aussi petit, aussi perdu qu'Ithaque... Emporté dans ses rêves, le sergent détective ne prit pas garde que le fantôme léger de Pearl choisissait cet instant pour s'éloigner discrètement et définitivement.

— Alors, vous ne mangez pas ?

Ramené brutalement à la réalite par la voix acariâtre de son hôtesse, qui continuait à l'épier en se demandant visiblement qui pouvait bien être cet individu qui faisait la cour à Pénélope et laissait refroidir ses œufs et son jambon, Bredford se jeta voracement sur la nourriture, toujours surveillé par Mrs. Harborough. Quand il eut englouti son repas, il avala une tasse de thé bouillant qui lui fit venir les larmes aux yeux, car sous le regard sévère de son hôtesse, il n'aurait pas osé cracher le liquide qui le brûlait. Enfin, lorsqu'il eut recouvré ses esprits, il essaya de se concilier les bonnes grâces de la patronne.

— C'était rudement bon !

— Et pourquoi que ça l'aurait pas été ? Vous vous figuriez peut-être que j'ai l'habitude de servir des œufs pas frais ou que j'emploie du thé de qualité inférieure ?

Cette femme était un véritable porc-épic. On ne savait par quel bout la prendre. Clarence se tut, attendant la prochaine offensive. Elle ne tarda pas.

— Vous venez d'arriver par le train d'Exeter ?

— Oui.

— Vous êtes représentant ?

— Non.

Elle n'osait pas, par pudeur, pousser plus avant, mais l'envie l'en démangeait. Elle luttait, faisait mine de se retirer, puis revenant sur ses pas.

— Peut-être que vous connaissez quelqu'un à Lapford ?

— Non.

Vaincue, elle accepta sa défaite avec un grognement de dépit. Elle s'apprêtait à regagner sa cuisine, pour aller passer sa mauvaise humeur sur Pénélope, lorsque le policier lança :

— Je suis venu voir une dame d'ici.

— Ah !

Elle pivota sur elle-même, haletante de curiosité. Bredford la laissa trembler d'impatience un moment avant d'ajouter négligemment :

— Miss Gloria Knighton.

Il vit ses yeux s'arrondir tandis qu'une lueur d'incrédulité moqueuse brillait dans ses prunelles. Soupçonneuse, elle demanda :

— Quel nom vous avez dit ?

— Miss Gloria Knighton.

Alors, elle éclata de rire, et ce rire était épouvantable à entendre. On eût dit d'une vieille poulie qui n'aurait pas été graissée depuis la guerre du Transvaal. Clarence était trop surpris pour s'en formaliser. Entre deux hoquets, Mrs. Harborough cria :

— Pé...né...lo...pe !

Preste, la petite accourut et, rien qu'en la contemplant, le visiteur retrouva son optimisme.

— Pénélope... figurez-vous que... que ce gentleman... a rendez-vous avec... avec miss Gloria Knighton !

— Avec miss Knighton ?

Subitement, Bredford en eut assez. Jetant son argent sur la table, il s'enquit sèchement :

— Pouvez-vous, au moins m'indiquer la demeure de miss Knighton ?

L'hôtelière retrouva son souffle pour couper la parole à Pénélope qui s'apprêtait à répondre.

— Vous suivez la rue qui passe devant la porte...

en remontant. Vous marchez jusqu'à ce que vous arriviez aux dernières maisons. Là, il y a un petit chemin qui part sur votre droite. Vous le prenez et, tout de suite, vous rencontrerez la grille qui défend la propriété de miss Knighton.

— Vous pensez qu'elle est chez elle, à cette heure-ci ?

Mrs. Harborough hennit comme un cheval.

— Sûrement, elle sort jamais, c'te bonne miss Knighton. Peut-être la nuit... Y en a qui le disent, mais moi j'l'ai jamais vue.

A travers la porte refermée, Clarence entendait encore le rire de l'affreuse mégère.

Tout au long de la rue, les gens sortaient sur le pas de leur porte ou s'arrêtaient de bavarder pour regarder passer le sergent détective, qui se serait bien résigné à moins de publicité. Un temps, deux gamins l'accompagnèrent comme s'ils espéraient quelque chose d'extravagant de la part de cet étranger. Bredford regrettait la foule de Soho et l'hostilité de l'East-End quand il y enquêtait. Cette curiosité impassible avait quelque chose de profondément déprimant. Malgré la température plutôt fraîche, le policier avait chaud lorsqu'il parvint à l'endroit où les maisons cédaient aux champs. Avec soulagement, il s'engagea dans le petit chemin qu'on lui avait signalé et, au bout de quelques centaines de mètres, parvint à la porte d'un cimetière. Il s'arrêta pile, ne comprenant pas. Et puis, tout d'un coup, le rire de la grosse matrone, l'air ahuri de Pénélope prirent leur vraie signification. Miss Knighton était morte. Il entra dans le cimetière et, avisant une vieille femme qui lavait une pierre tombale avec une brosse de chiendent, il la pria de lui dire si elle savait où se trouvait miss Knighton. Elle se redressa.

— Gloria ?... Je viens juste d'aller la voir. Prenez à gauche et puis à droite, après l'ange à qui il manque une aile. C'est la quatrième...

Quittant cette aimable personne, parlant des

defunts comme d'amis familiers occupant une large place dans votre existence. Bredford se dirigea vers la tombe de Gloria Knighton, morte, ainsi qu'il le lut dans son épitaphe, dans la soixante et onzième année de son âge, quelques mois auparavant. Le sergent détective aurait bien voulu que Morgan fût là, car il ne savait pratiquement plus que faire. Il retourna vers l'obligeante citoyenne de Lapford, toujours occupée à son nettoyage funéraire, pour lui demander si la disparue avait encore des parents dans la ville.

— Des parents ? Pauvre miss Gloria... Elle était seule au monde depuis toujours, ou presque, et elle n'était même pas née dans le Devon. Elle venait du Nord, mais d'où exactement, ça je ne pourrais pas vous le dire. Il y a si longtemps...

Déçu, ayant conscience d'avoir été proprement ridicule à *La Rose du Devon,* Clarence revenait mélancoliquement sur ses pas lorsqu'il rencontra Pénélope. Elle l'attendait et, sans doute avait-elle couru, car elle respirait vite et ses joues étaient rouges. Du coup, le policier oublia ses préoccupations, car cette petite Pénélope était vraiment charmante. Il lui sourit et elle s'approcha.

— Je ne pouvais rien vous confier tout à l'heure, parce que Mrs. Harborough m'aurait disputée, mais je savais que miss Knighton était morte. Je suis allée à son enterrement. Vous avez de la peine ?

— C'est-à-dire que je ne la connaissais pas, mais j'avais quelque chose de très important à lui demander. Il n'y a personne à Lapford qu'elle aimait particulièrement ? A qui elle se serait confiée ? Qui saurait tout d'elle ?

La jeune fille réfléchit, puis :

— Ecoutez, si le vieux Peter Titchfield est de bonne humeur et qu'il veuille nous recevoir... C'était son meilleur ami. Elle le soignait parce qu'il est paralysé. On peut toujours essayer ?

— Il habite loin ?

— Pas trop.

Ils s'en allèrent côte à côte et Bredford souhaita vite que le chemin les menant chez Peter Titchfield fût très long. Il ne l'était pas et, pourtant Clarence eut le temps de se demander si Dieu ne l'avait pas mis, enfin, en présence de la femme de sa vie et si ce voyage inopiné à Lapford n'avait pas été voulu par Lui.

Pénélope partit en avant-garde pour se rendre compte si le vieux admettait la visite de l'étranger. Sans doute sut-elle trouver les mots qu'il fallait, car elle revint dire au sergent détective qu'il était attendu. Peter Titchfield devait avoir au moins cent ans, estima Bredford, devant ce visage parcheminé où, sous la broussaille raide et blanche des sourcils, deux yeux qui ressemblaient à deux gouttes d'eau gelée, le fixaient. Il salua l'ancêtre en le priant de l'excuser de son intrusion. L'autre ne cessait pas de le dévisager et c'était bien gênant. D'une voix cassée, où les mots se chevauchaient dans une espèce de gargouillis, où les syllabes écrasées, disloquées ne se distinguaient plus il grogna :

— D'abord, qui êtes-vous ?

— Je m'appelle Bredford et je suis... je suis clerc de notaire, à Londres, chez Brown et Hudson.

— Et qu'est-ce que vous voulez ?

— Que vous me parliez de miss Gloria Knighton ?

— Et pourquoi que je vous en parlerais ?

— Parce que, ignorant sa disparition, j'étais venu la voir.

— Et alors ?

— Vous la connaissiez depuis longtemps ?

— Ouais.

— Elle élevait des orphelins, n'est-ce pas ?

— Ouais.

— Est-ce que vous vous souvenez d'une fillette qui s'appelait Dora. Dora Carpenter ?

— Ouais.

— Est-ce que, par hasard, vous vous souviendriez de la chanson que miss Knighton chantait à ses bébés ?

— Ouais. C'était une chanson de son pays, là-haut, dans le Northumberland. Gloria venait d'un village du côté de Bellingham, sur la Tyne.

Ce qui se passa fut tellement inattendu, tellement effarant, que Bredford en resta la bouche ouverte. Avec son souffle d'asthmatique, sa voix chevrotante, Peter Titchfield hurlait de toute la force qui lui restait :

Oh... où trouver l'égal de mon Johnnie ?
Il est si gai, si aimable et si beau !
Il est le premier parmi tous les gars
Des chantiers navals de la Tyne noire...

Il apparaissait nettement à Clarence que le bonhomme se prenait pour l'inégalable Johnnie. Bien sûr qu'il la connaissait, lui aussi, cette chanson, Bredford, et s'il avait pu deviner que miss Gloria Knighton était du Northumberland... Il lança le titre :

— *Weel May the Keel Row !*

Le vieux s'arrêta net, furieux.

— Si vous le savez, pourquoi que vous me le demandez ?

Bredford avait passé le reste de l'après-midi avec Pénélope. Ils s'étaient promenés dans les collines entourant Lapford. La jeune fille avait raconté sa vie, toute simple, toute unie, sans aucun incident qui valût la peine d'être commenté, et le cœur de Clarence avait battu plus vite quand elle lui révéla qu'elle n'avait jamais eu d'ami malgré ses dix-neuf ans. Les garçons de Lapford ne l'intéressaient pas. Le sergent détective estima qu'elle avait un jugement sain. Elle confessa qu'elle n'était jamais allée à Londres mais que, depuis trois ans, elle faisait ses économies pour pouvoir s'offrir bientôt un voyage dans la capitale. Avec le soir qui tombait, ce soir du Devon qui malgré le tôt de la saison, avait des douceurs qui émouvaient le Londonien, Bredford se sentait de plus en plus l'âme bucolique. Il se voyait très bien berger, faisait paître ses moutons sur la lande, en pensant à la belle qui l'attendrait au foyer, une belle qui aurait les traits de Pénélope. Toutefois, il se reprit en songeant au rire tonitruant de Fatty Morgan, s'il était mis au courant des ambitions campagnardes de son adjoint. Mais s'il était matériellement impossible à un détective du C.I.D. de se transformer en pâtre, rien n'empêchait une jeune habitante de Lapford de venir s'installer à Londres, en tant qu'épouse d'un sergent détective du plus grand avenir. Il se risqua à demander à sa compagne comment elle se représentait l'homme de ses rêves, celui à qui elle n'hésiterait pas à s'unir et, par un de ces miracles qui, dans l'esprit de Bredford, indiquait nettement une participation divine à toute cette aventure, Pénélope le décrivit, lui, Clarence. Il passa son bras autour des épaules de la jeune fille qui, gentiment, avec confiance, inclina la tête sur la poitrine du policier dont elle put entendre le cœur battre la chamade. Bredford avait une envie folle d'embrasser Pénélope, mais il s'imposa d'y renoncer, tenant à respecter celle qu'il considérait déjà comme la future Mrs. Bredford. Pris d'un grand élan de sincérité, il lui avoua qu'il n'avait encore jamais eu l'occasion de bavarder avec une personne qui puisse lui être comparée et qu'il n'était pas clerc de notaire, mais sergent détective. En apprenant qu'elle était blottie contre un homme du Yard, Pénélope crut, tout de bon, défaillir de joie. La littérature populaire qu'elle absorbait depuis des années d'un seul coup lui revint en mémoire et la submergea. Il ne dépendait que de Clarence de profiter d'une émotion sentimentale et littéraire, mais il s'y refusa, étant homme à principes. Il apprit avec intérêt que Pénélope avait une mère, un père garde-chasse, un frère aîné dans la culture, un plus jeune qui s'était engagé dans la flotte de Sa Majesté, enfin une sœur mariée dans le Somerset et que toute cette tribu répondait au nom patronymique de Flexemere, sauf la sœur du Somerset devenue une Swinnerton.

Le policier était aux anges, baignant dans cet état euphorique qui vous incite à voir du merveilleux partout, aussi bien dans le fait que Pénélope eût les yeux bleus que dans l'évidente présence du printemps dans l'air crépusculaire. Cependant, les meilleurs moments ont une fin, et Bredford était assez au courant des mœurs en usage dans les chemins de fer britanniques pour savoir que le mécanicien du train devant l'emmener à Exeter ne se mettrait pas en retard dans le seul souci de lui ménager quelques instants supplémentaires de tête à tête avec Pénélope. Les deux jeunes gens gagnèrent donc la gare par des chemins détournés et la poignée de main qu'ils échangèrent alors que la locomotive sifflait, scellait toutes les promesses du monde. Pénélope jura que dès qu'elle pourrait s'échapper de Lapford, elle se précipiterait à Londres, où son premier souci serait de se faire conduire au Yard, et Clarence prit à témoin le ciel du Devon et le chef de gare — qui lui adressait des signes d'impatience — qu'il attendrait, en vivant au ralenti, le jour béni de leur future rencontre.

On eût bien étonné le sergent détective Bredford si on lui avait rappelé que, dans ce même train, mais à l'aller, il rêvait d'une jeune fille qui n'était pas Pénélope.

Bredford débarqua à Paddington vers une heure du matin et téléphona immédiatement à Morgan qui, rentré chez lui, attendait l'appel de son adjoint pour goûter — du moins il l'espérait — un repos vainqueur. Il était plongé dans la *Physiologie du goût*, de Brillat-Savarin, qu'il lisait avec assez de facilité, lorsque Clarence se manifesta.

— Allô ! C'est vous, Bredford ? Alors ?... Comment ?... Mais qu'est-ce que vous me racontez là ! Il ne s'agit pas d'une Pénélope Knighton, mais d'une Gloria Knighton que... Elle est morte ?... Et enterrée ? Ce dernier point est secondaire en ce qui nous concerne. Dites donc, mais c'est très ennuyeux... Vous avez eu quand même le... Mais pourquoi ne me le donnez-vous pas ?... *Weel May the Keel Row*... Mais ce n'est pas une chanson du Devon !... Elle était du Northumberland ?... Ah ! ça explique tout... Eh bien ! mon cher, hourra ! pour votre réussite. Vous pouvez aller vous coucher maintenant que nous connaissons l'assassin. Il nous restera à trouver les mobiles de ces trois meurtres, bien que nous sachions les raisons des deux derniers. Mais pourquoi Phyllis Balebrook ? Nous tâcherons d'élucider ça demain et dimanche, je crois que nous aurons gagné la partie et que je pourrai vous inviter à venir savourer mes « Rognons de veau Vernisson ». Bonne nuit !

Tandis qu'il guettait un taxi, Bredford se demandait avec une certaine inquiétude ce que pouvaient bien être des rognons de veau Vernisson. Clarence se méfiait des aptitudes culinaires de Fatty Morgan, dont la petite cuisine ressemblait à une sorte de laboratoire où s'élaborait une cuisine dont l'étrangeté déconcertait le sergent détective, qui ne voyait pas la peine de se compliquer l'existence quand il était si facile d'ouvrir une boîte de conserve ou de se faire griller une côtelette de mouton. Et puis, il eût préféré de beaucoup passer le dimanche chez lui, à rêver de Pénélope Flexemere. Ce n'est qu'en introduisant la clef dans la serrure de sa chambre qu'il réalisa que George-Herbert lui avait assuré qu'il connaissait l'assassin, sous-entendant que Clarence le connaissait aussi, mais, du diable s'il voyait à qui l'inspecteur-chef voulait faire allusion !

CHAPITRE IX

Le lendemain matin, en voyant le visage détendu, souriant de Fatty Morgan, Bredford sut que Phyllis Balebrook, Dora Carpenter et Cromwell allaient être vengés.

— Alors, Clarence, comment avez-vous trouvé le Devon ?

— Merveilleux ! J'y étais déjà allé, mais seulement sur la côte sud. L'intérieur est extraordinaire. Je suis certain que cela vous plairait.

— Sûrement pas. On doit y manger aussi mal que dans tout le reste de l'Angleterre.

— Mais les gens y sont si gentils !

— Vraiment ?

— Vous ne pouvez savoir à quel point ! Figurez-vous que, lorsque je suis entré à *La Rose du Devon*, j'y ai été reçu par une espèce de matrone, à qui le fait qu'on puisse lui demander de faire frire une couple d'œufs semblait une provocation.

— Si je comprends bien, sergent détective Bredford, vous avez acquis des idées très particulières sur ce qu'est le charme d'un accueil ? parce que si une pareille réception vous comble de joie et...

— Mais je ne vous ai pas encore parlé de Pénélope !

— Pénélope ? Quelle est cette personne au nom si prometteur ?

— C'est une jeune fille adorable qui a un père, une mère, un frère dans la culture, un autre dans la Home Fleet et une sœur mariée dans le Somerset, n'est-ce pas merveilleux ?

— Mon Dieu...

Déçu devant tant d'incompréhension, Clarence se lança dans le récit minutieux de son expédition à Lapford et George-Herbert, un tantinet ébahi, perdit très vite pied dans une histoire où se succédaient, se mêlaient, se rejoignaient un monstre femelle qui avait tout du dragon de la fable, un vieux pirate aux yeux bleus, une enchanteresse entretenant un commerce suivi avec les défunts et une sorte de petite bergère, échappée d'un roman français du XVIIIe siècle, à moins qu'elle ne vînt tout droit de la shakespearienne forêt des Ardennes. L'inspecteur-chef dut pousser un véritable rugissement pour faire taire Bredford qui, l'inspiration brusquement coupée, s'arrêta au milieu d'une phrase.

— Clarence, mon ami, le Devon ne vous réussit pas. J'ignore qui est, en vérité, cette miss Pénélope qui paraît vous avoir mis la tête à l'envers, mais si, chaque fois que je vous envoie enquêter dans le Royaume-Uni, vous en revenez amoureux, vous allez battre les records de ces gentlemen fort expérimentés qu'étaient M. Don Juan et M. Casanova !

— Si vous connaissiez Pénélope...

— Je ne connais pas plus Pénélope que je ne connaissais Pearl, mais...

— Pearl ?

Il y avait tant d'inconscience dans ce « Pearl ? », que George-Herbert leva les bras au ciel.

— Clarence, tout de bon, vous m'effrayez ! Je suis de plus en plus disposé à croire qu'un de ces jours je serai appelé à vous arrêter pour polygamie ! Taisez-vous ! Et ne me parlez plus de cette jeune

Grecque perdue dans les collines du Devon et qui a l'extrême originalité de posséder une famille ! Oubliez le beau sexe et revenez, je vous prie, à ce qui doit être votre préoccupation essentielle : l'exercice de votre métier. Je reconnais que, malgré vos divagations sentimentales et romantiques, vous avez mené à bien la mission dont vous étiez chargé et que nous allons, grâce à vos renseignements, mettre la main au collet de l'assassin.

— Je vous demande pardon, monsieur, qui est-ce ?

Le souffle coupé, Fatty regarda son adjoint, se demandant si, par hasard, il oserait se payer sa tête.

— Clarence Bredford insinueriez-vous que, malgré ce que vous savez de l'affaire, vous ignorez encore qui est le meurtrier ?

— J'avoue que...

— C'est positivement scandaleux ! Vous mériteriez que je fasse un rapport sur votre manque de zèle et qu'on vous recolle à la circulation ! Voilà ce que c'est que de courir les bergères ! Vous en oubliez l'essentiel de votre profession ! Pour vous punir et vous faire comprendre votre indignité, je ne vous dirai rien au sujet de l'assassin, car si vous daignez faire fonctionner votre intelligence, et pour si moyenne qu'elle soit, dans un autre but que la séduction des jeunes filles de Londres et du Devon, vous mettrez le nom qui s'impose sur le visage du boucher qui égorgea trois de nos semblables. Et pour vous aider à calmer la chaleur de votre sang, je vais vous offrir un peu d'exercice. Vous allez visiter toutes les banques et demander où les trois gentlemen dont je vous ai inscrit les noms sur ce papier ont un compte, et lorsque vous aurez repéré les établissements dont ces messieurs sont clients, vous vous rendrez dans chacun d'eux pour prier qu'on vous remette copie des opérations bancaires effectuées au cours des deux dernières semaines par nos trois suspects.

Margaret Littlewist était l'Anglaise typique et

charmante dont le visage frais et rose pouvait servir de réclame à n'importe quelle marque de savon pour le bain. Elle avait été une girl scout que ses cheftaines donnaient en exemple et lorsque ses parents l'envoyèrent à Londres, pour tenter d'y gagner sa vie, ils ne s'étaient fait aucun souci, sachant que leur fille avait profité des excellents principes qu'à défaut de dot ils lui avaient inculqués. Margaret menait une existence toute droite, sans la moindre parcelle d'ombre et il n'y avait pas plus de vilaines choses dans sa vie que de poussière sur les meubles de la chambre qu'elle habitait depuis cinq ans chez Mrs. Bamlan, dans Bloomsbury.

La jeune fille ne croyait qu'à demi aux crimes dont elle lisait l'annonce flamboyante dans les faits divers des journaux (mais dont elle ne parcourait jamais les abominables récits rédigés par des journalistes avides de sentations) et c'est pourquoi ce que lui avait révélé son fiancé, au sujet de la démence (car il ne pouvait s'agir que de démence) du vieux Mr. Moriss, la déconcertait plus encore qu'elle ne l'indignait. Il est vrai que Jack lui avait appris que cet homme était innocent du meurtre de cette pauvre fille, mais tout de même, il trompait sa femme, et s'il n'était pas un assassin, il s'affirmait un individu nettement méprisable. Elle veillerait, une fois mariée, à ce que Jack n'ait plus d'aussi détestables fréquentations. Pour Margaret, le mariage ne devait modifier en rien l'itinéraire choisi une fois pour toutes : la voie droite. Seulement, au lieu d'y avancer seule, elle aurait un compagnon à ses côtés et le chemin n'en serait que plus facile. D'abord la solitude, ensuite le couple, puis les enfants. Tout cela était net, décidé, arrangé et Margaret élèverait sa fille comme elle avait été élevée. On avait promis à Jack un petit appartement à Paddington, pas très loin de Hyde Park où les enfants pourraient aller jouer. Plus tard, beaucoup plus tard, lorsque sonnerait l'heure de la retraite, on irait vivre dans le Kent, sous le toit paternel. Une belle existence sans imprévu, mais miss Littlewist détestait l'imprévu qui n'était jamais à ses yeux, quelque chose de très correct.

Margaret se répétait ce plan, auquel elle ne voyait rien à modifier, en attendant, sur le trottoir de Berkeley Street, que son fiancé sortît des bureaux de l'agence Cook pour aller prendre le lunch en sa compagnie. Bien que Jack travaillant à longueur de journée à établir des plans de voyage, parlant à des gens qui, le lendemain, prendraient l'avion pour aller assister aux fastes de la Semaine Sainte de Séville ou photographier les Pyramides ou prendre part au Carnaval de Rio, rêvât souvent, lui aussi, de quitter Londres pour des régions ensoleillées, Miss Littlewist n'éprouvait aucun désir de s'expatrier, fût-ce momentanément. Elle ne se demandait pas si elle aimait Londres ou non. Ses parents lui avaient dit que l'Angleterre était le plus merveilleux des pays de la terre, elle le croyait et il ne lui serait jamais venu à l'idée de tenter, par l'expérience, de prouver ou d'infirmer cette appréciation. Lorsque son fiancé, enthousiasmé, lui parlait de la paëlla qu'on mangeait à Valencia, du couscous qu'on dégustait à Séfrou, des scampi fritis de Venise, la jeune fille répondait prosaïquement, en commentant la qualité supérieure des filets de maquereaux que la firme Average présentait dans de jolies boîtes de couleur gaie. Larson croyait assez aimer Margaret pour se résoudre, imprudemment, à ne pas lui voir partager ses enthousiasmes et ses songes.

Dès qu'il fut assez près d'elle pour qu'elle pût discerner les traits de son visage, miss Littlewist devina que quelque chose n'allait pas. A dire vrai, depuis plusieurs jours déjà, Jack n'était plus le même. Sa bonne humeur, autrefois constante, semblait s'être envolée et il lui arrivait de rester longtemps silencieux à ses côtés, tandis qu'ils effectuaient leurs promenades bi-quotidiennes. Ne voulant pas le brusquer, elle attendait qu'il se confiât, mais ses espoirs étaient déçus et elle en éprouvait de l'irritation plus encore que de l'inquiétude. Larson répondit à peine à son affectueux « bonjour » et elle comprit qu'il faisait un gros effort pour lui sourire. Passant son bras sous le sien, il l'entraîna dans Piccadilly où, comme à l'accoutumée, ils admirèrent les vitrines des grands magasins. En descendant Haymarket, Margaret décida de faire part à son compagnon de la décision qu'elle avait prise et sur laquelle elle entendait bien ne pas revenir :

— Vous savez, Jack, je crois que je ferai peindre la cuisine en vert clair. Qu'en pensez-vous ?

Elle guetta une protestation, car Larson n'aimait pas le vert et préférait le jaune, mais il ne broncha pas et sa fiancée eut l'impression qu'il ne l'avait même pas écoutée. Elle en fut outrée. D'abord, son amour-propre blessé la fit se cantonner dans un silence boudeur auquel, visiblement, son fiancé ne prêta aucune attention. Dépitée, elle s'arrêta pile et demanda nerveusement :

— Enfin, Jack, que se passe-t-il ? Nous n'avons pas échangé dix phrases depuis que nous nous sommes rencontrés et vous n'avez même pas écouté ce que je vous ai dit à propos de notre futur appartement !

Il rougit, comme il le faisait toujours quand on le prenait en faute.

— Excusez-moi, ma chérie, mais... mais j'ai de gros soucis en ce moment.

— Et... vous ne pouvez pas me les confier ?

— C'est-à-dire que... que je ne voudrais pas vous ennuyer.

— Rien de ce qui vous préocupe ne saurait m'être indifférent, chéri, et vous le savez bien !

Ils firent encore quelques pas en silence et ce ne fut que lorsqu'ils débouchèrent dans le Strand qu'il se décida.

— Vous avez raison, Margaret, autant tout vous dire. J'espère que vous comprendrez et que vous pourrez m'aider.

Elle eut un petit pincement au cœur, comme à

l'approche de ces événements imprévus qu'elle haïssait, parce qu'ils étaient susceptibles de troubler le rythme si bien réglé de son existence, mais enfin, le mariage — elle le savait par ce que ses parents lui avaient enseigné — comportait ses aléas. Ils entrèrent, plus tôt que d'habitude, dans une maison de thé, où ils s'assirent dans le coin le plus reculé.

— C'est toujours à cause de cette fille assassinée...

Elle sursauta.

— Mais, en quoi cela vous regarde-t-il ?

— En rien, bien sûr, seulement, à présent qu'ils sont convaincus de l'innocence de Moriss, les détectives du Yard — et surtout l'inspecteur-chef Morgan, vous savez ce gros type dont je vous ai souvent parlé ? — paraissent convaincus que le criminel fait partie de notre entourage ; enfin, qu'il appartient à la clientèle de *La Pomme de Pin*.

— Et alors ?

— Alors ils fouillent notre vie privée aux uns et aux autres et je ne serais pas étonné s'ils venaient vous interroger un jour...

— Moi ? Pourquoi moi ? Je n'ai jamais vu cette fille et je n'ai jamais mis les pieds à *La Pomme de Pin*, où vous ne retournerez plus lorsque nous serons mariés, n'est-ce pas ?

— Je vous le promets, Margaret. Mais, pour le moment, je ne peux pas cesser de m'y rendre, cela éveillerait leurs soupçons.

— Leurs soupçons ?

Elle n'y comprenait rien. Sur sa belle et monotone ligne droite, il n'y avait absolument pas place pour ces horreurs et elle ne devinait pas pour quelles mystérieuses raisons Jack se préoccupait à ce point d'histoires sordides ne les regardant ni l'un ni l'autre et auxquelles il lui semblait même très déplacé de faire allusion.

— Ecoutez, chérie... Faites un effort, je vous en prie ! Essayez de vous persuader que pour la police je ne suis qu'un homme comme les autres : capables de voler, de tuer...

— Oh ! c'est ignoble !

— Peut-être, mais c'est ainsi.

— En tout cas, Jack, il vous est facile de démontrer que vous ne connaissiez pas cette demoiselle et que, par conséquent, vous n'aviez aucun motif de... de lui faire ce qu'on lui a fait !

— Les motifs, ils en trouvent toujours. Non, chérie, ce qu'il leur faut, c'est un alibi.

— Un alibi ?

— Prouver qu'on était ailleurs au moment où le crime avait lieu.

— Et à quelle heure cette... cette chose s'est-elle produite ?

— Entre seize heures et dix-neuf heures, je crois.

— Et bien ! vous étiez à votre bureau ?

C'est maintenant que les choses devenaient le plus difficile à dire. Larson regarda la jeune fille. Comment allait-elle prendre ce qu'il devait lui confesser ?

— Non, Margaret... je n'y étais pas.

Elle fut un moment à saisir le sens des mots qu'elle venait d'entendre. Puis elle devint pâle comme si elle allait s'évanouir, mais une Littlewist ne s'évanouit pas en public, ce n'est pas correct. Elle sentit des larmes lui brûler les yeux alors que, bouleversé, il lui prenait la main qu'elle n'osait pas retirer. Enfin, elle parvint à articuler :

— Vous... vous n'y étiez pas ?

— Non.

— Et... où étiez-vous, Jack ? Pas chez cette... Ce n'est pas possible ?

— Non, non, Margaret... Rassurez-vous, n'allez pas penser des sottises, surtout !

Elle respira comme si, d'un coup, le poids lui écrasant la poitrine lui était retiré.

— Alors... de quoi avez-vous peur ?

— Parce que mon alibi est tellement simple qu'il en paraît faux. J'avais rendez-vous avec Halloway et Mac Freit, mes collègues, à *La Couronne d'Argent*, dans Regent Street, après la sortie des bureaux, mais j'étais tellement heureux, Margaret, de cette promotion qui me permettait de vous épouser, que... que je ne pouvais plus tenir en place et j'ai obtenu la permission de sortir à seize heures. Je me suis promené dans Mayfair...

— Pourquoi ne m'avez-vous pas téléphoné ?

— Parce que je voulais vous faire une surprise.

— Une surprise ?

— Je désirais vous acheter un bijou pour marquer ce jour qui était un point de départ mais je n'ai rien trouvé à mon goût ou, alors, c'était trop cher pour... pour notre bourse. Vous ne m'en voulez pas ?

Elle sourit, rassurée.

— Vous avez très bien fait d'être raisonnable, chéri. Nous aurons tellement de dépenses à faire pour nous installer, qu'il ne faut pas gaspiller. Mais je ne vois toujours pas en quoi cela peut vous inquiéter ? Vous n'avez qu'à dire la vérité si l'on vous interroge.

— Si vous vous imaginez qu'ils me croiront... Ils exigeront non seulement que je leur spécifie par où je suis passé, mais encore que je fournisse des témoins qui m'auraient rencontré ici ou là... et j'en suis incapable !

— Mais, enfin, Jack, ce n'est pas parce que vous ne pourrez pas leur donner un itinéraire détaillé que cela prouvera que vous avez quelque chose à voir avec le meurtre ?

— Si, parce que tant qu'ils n'auront pas arrêté l'assassin, ils soupçonneront tout le monde ! Il leur faut absolument un coupable, comprenez-vous ? A n'importe quel prix et par n'importe quel moyen !

— C'est abominable ce que vous dites là !

— Je sais, chérie, mais hélas ! c'est la vérité.

Décidément, le monde était plein de laideurs qu'elle ne soupçonnait pas et, malgré elle, elle en voulait un peu à son fiancé de l'obliger à regarder ce qu'elle ne voulait pas voir.

— Alors, que faut-il faire ?

— Je pense que si vous vouliez m'aider, tout s'arrangerait.

— Moi ? Mais de quelle façon ?

— Par exemple, vous pourriez dire que nous avions rendez-vous à seize heures, tous les deux, et que c'est ensemble que nous avons fait cette promenade dans Mayfair ?

— Voyons, Jack, à seize heures, je suis encore à la caisse du *Triumph* !

— Bah ! Ils n'y penseront pas.

— Et s'ils y pensent ?

— Vous expliquerez que vous vous êtes fait remplacer par une collègue.

Elle ne savait quoi répondre. Evidemment, elle ne pouvait refuser de l'aider, mais, d'autre part, elle s'effrayait de cette facilité avec laquelle Jack inventait des mensonges... Impatient, il se levait.

— Chérie, il faut que je retourne à l'agence, nous sommes en train d'organiser un voyage circulaire en Méditerranée. J'ai beaucoup de travail... Vous venez me chercher ce soir et je compte sur vous pour... pour ce que je vous ai demandé...

Il était parti avant qu'elle n'ait eu le temps de prendre une décision et elle n'aimait guère qu'on lui forçât la main. Avait-elle le droit d'abandonner son fiancé au premier danger qu'il courait ? Un danger dont, d'ailleurs, elle ne parvenait toujours pas à deviner la nature. Margaret avait horreur du mensonge, mais elle réalisait, ce dont elle n'avait jamais pris conscience jusqu'ici, que, pour ne pas vivre seule, il importait de faire des concessions à la morale trop rigide des Littlewist, de Tallack (Kent). Elle était tellement absorbée par ce qu'il lui fallait bien considérer comme une sorte de défaite, qu'elle ne prit pas garde au gros homme qui entrait et, tout doucement, s'approchait de sa table.

Fatty Morgan avait décidé d'en finir, et profitant du congé promis par le chef de la police, il se proposait d'aller passer les premiers jours d'avril en Périgord. Il y referait connaissance avec une cuisine un peu lourde, mais dont les saveurs le plongeaient dans des délices parfaites et il se souvenait qu'il y avait aux Eyzies-de-Tayac un hôtel adorable où il oublierait, pour un temps, les truands du Royaume-Uni et les petites servitudes de son métier. Mais, pour réaliser cet alléchant programme, il fallait en terminer au plus tôt avec le meurtrier et, malgré le dégoût qu'il manifestait à assumer des besognes généralement confiées à des sous-ordres, il s'était rendu au bureau de l'agence Cook, de Berkeley Street où, apercevant Margaret Littlewist, qu'il connaissait par des photos que lui avait montrées Larson, il s'était mêlé aux promeneurs pour ne pas être remarqué et avait emboîté le pas aux deux jeunes gens. A vrai dire, il ne savait pas trop pourquoi il agissait ainsi, mais il avait le pressentiment que s'il pouvait parler en tête à tête à Margaret, il apprendrait sûrement des choses intéressantes. Dans un bar du Strand, presque en face du salon de thé où Larson et sa fiancée se restauraient, George-Herbert avait patiemment guetté le départ du couple et avait souri de satisfaction en voyant Jack s'en aller seul.

Au moment où miss Littlewist rassemblait ses affaires pour se lever de table, un gros homme glissait vers elle avec une sorte de légèreté qui, de sa part, surprenait. Les vieilles demoiselles habituées de la maison en conclurent que c'était un gentleman.

Margaret ne prit conscience de la présence de Fatty qu'au moment où il la saluait, murmurant :

— Miss Littlewist, je suppose ?

D'abord, elle eut envie de rire en voyant cette espèce de gentil bouddha frais et rose qui lui souriait, mais, presque aussitôt, la description du policier menant l'enquête inquiétant tellement son fiancé lui revint en mémoire et elle commença à s'affoler. Elle n'était pas encore prête à raconter sa fable. Tout allait trop vite ! Pourquoi s'ingéniait-on à la torturer ? Pourtant, elle devait répondre à cet homme que, déjà, elle haïssait.

— Oui... c'est moi.

S'inclinant, il chuchota :

— Inspecteur-chef Morgan, de Scotland Yard. Puis-je m'asseoir ?

— Si vous voulez...

Maintenant, elle avait peur, atrocement peur, et elle sentait qu'il s'en rendait parfaitement compte.

— Miss, nous sommes contraints à certaines vérifications... et, je ne sais si vous êtes au courant, un familier de Mr. Larson s'est rendu coupable de meurtre...

Il laissa sa phrase en suspens, comme pour lui donner le temps de confirmer, mais, à la seule manière dont elle respirait, il ne jugea pas utile d'attendre sa réponse.

— ... Je m'empresse de vous dire que nous ne soupçonnons pas particulièrement Mr. Larson, mais il nous faut contrôler tous les emplois du temps. Pouvez-vous vous rappeler si vous avez pris votre fiancé à la sortie de son bureau mardi ?

Le piège était un peu gros.

— Non, inspecteur.

— Non ?

Brusquement, elle avait une folle envie de rire devant la figure surprise de son interlocuteur. Maintenant, elle ne se demandait plus si elle devait ou non accepter de mentir pour aider Jack, elle voulait simplement battre à son propre jeu ce policier qui s'imaginait si malin.

— Non, je suis allée le chercher à seize heures ce jour-là et nous nous sommes promenés dans Mayfair où nous avons voulu acheter un bijou que Jack voulait m'offrir pour fêter sa promotion.

— Quelle sorte de bijou ?

— Cest-à-dire que nous n'avons rien acheté, car rien ne nous plaisait ou alors, c'était trop cher...

— Dommage... et puis ?
— Et puis je l'ai accompagné jusqu'à *La Couronne d'Argent,* dans Regent Street, où il avait rendez-vous avec des collègues...
— A quelle heure ?
— Je ne sais pas... vers dix-huit heures, je pense.
— Bien sûr...
Malgré toute sa volonté durcie, elle n'arrivait pas à maîtriser complètement le son de sa voix, un peu trop haut, trop triomphant. Morgan la regardait, l'air amusé.
— Qu'est-ce que vous faites dans la vie, miss Littlewist ?
— Je suis caissière au *Triumph,* sur le Strand.
— C'est un spectacle permanent, n'est-ce pas ?
— Jusqu'à cinq heures, oui.
— Et vous pouvez quitter votre caisse à quatre heures ?
Toutes ses terreurs revinrent. Et Jack qui affirmait qu'on ne se soucierait pas de ce qu'elle avait fait !
— Je... on m'a remplacée.
— Qui ?
— Olive Downsel.
Elle savait qu'elle était rouge comme une cerise et le sourire qu'elle voyait sur les lèvres du policier lui donnait envie de pleurer. Elle était certaine qu'il avait deviné ses mensonges et jouait avec elle comme un chat avec une souris. Allait-il l'emmener au Yard ? La jeter en prison ? Que diraient ses parents en apprenant un pareil scandale ? Jamais un Littlewist n'avait eu affaire à la police de Sa Majesté !
— Naturellement, vous avez averti le directeur ?
— Naturellement.
— Vous aviez projeté cette sortie avec Mr. Larson ?
— Oh ! non... C'est par hasard que Jack a demandé la permission de quitter son bureau plus tôt et, il m'a téléphoné...
— Où ?

— Mais... au *Triumph*...

— Et l'on est venu vous prévenir qu'on vous demandait au téléphone ?

Elle était au bord des larmes, comprenant qu'elle s'enferrait de plus en plus.

— Oui... enfin, je crois... je ne me rappelle plus bien...

A sa grande surprise, il n'insista pas et, se levant :

— Miss Littlewist, j'ai été très heureux de faire votre connaissance. Les renseignements que nous avons eus sur votre compte sont excellents et tels que je souhaiterais qu'on en puisse recueillir sur toutes les Londoniennes. C'est pourquoi, Miss, vous me permettrez de vous dire que le mensonge ne vous va pas... que ce n'est pas digne de vous, même pour faire plaisir à votre fiancé et, qu'au surplus, vous mentez très mal, ce dont je vous félicite. Au revoir, miss.

En voyant entrer Fatty Morgan, Larson blêmit jusqu'aux lèvres, et Halloway, avec qui il conversait, lui demanda s'il était souffrant. Tout s'écroulait. Margaret serait mise au courant, parce qu'il n'y aurait pas moyen de faire autrement et elle lui rendrait sa parole parce qu'elle ne voudrait pas devenir l'épouse d'un homme qui lui avait menti. Un instant, il songea à fuir, mais l'inspecteur l'avait repéré et lui souriait en lui adressant un salut amical. Jack ne pouvait se dispenser d'aller vers lui.

— C'est moi que vous cherchez, monsieur Morgan ?

— Qui pourrais-je chercher d'autre, monsieur Larson ?

— Vous voulez me parler... ici ?

— Cela me semble tout indiqué, non ?

— Alors... allez-y...

— Je désirerais que vous me reteniez une place dans l'avion de Paris, vendredi matin. Puis-je compter sur vous ?

— Mais... mais... naturellement... bien sûr...

— Alors, je vous remercie et vous laisse travailler. A ce soir !

L'inspecteur-chef sortit avant que Larson, complètement hébété, ait repris ses esprits.

Pour gagner Lower Thomas Street, Fatty Morgan prit un taxi qui le déposa devant le Monument, car il ne tenait pas à faire une arrivée trop remarquée chez Jacobus Hobson. Ce dernier le reçut correctement, mais sans amabilité excessive, car il n'aimait pas être dérangé.

— Monsieur Morgan ? Que puis-je pour vous ?

— Monsieur Hobson, je viens à titre tout à fait confidentiel vous demander votre opinion sur Mr. Healey, que vous employez, je crois ?

— En effet, il tient ma comptabilité et vient tous les soirs à dix-sept heures. A quel sujet, ces renseignements ?

— Mr. Healey a prié la maison que je représente, *Le Home Paisible,* dans Chancery Lane, de lui établir un contrat d'assurance sur la vie et, naturellement, nous sommes obligés de nous livrer à une certaine enquête, en plus de la visite médicale obligatoire.

— Mr. Healey travaille chez moi depuis trois ans et je ne me suis jamais aperçu qu'il ait une santé douteuse, d'autre part je crois qu'il gagne bien son existence.

— Il a une femme en sanatorium, n'est-ce pas ?

— Elle est guérie et rentre la semaine prochaine.

— J'en suis heureux pour lui... En somme, votre avis est nettement favorable ?

— Nettement. Mr. Healey me donne l'impression d'un homme qui aime son métier et ne sacrifie à aucun des vices modernes tels que la boisson, le tabac et tout le reste.

— S'il aime son métier, c'est une excellente référence, car nous n'aurons pas d'inquiétude à nourrir pour le paiement des primes qui, à son âge, sont forcément assez élevées.

— Je suis persuadé que si Mr. Healey prend des engagements, il les tiendra. Je vous ai dit que c'était un homme ponctuel : pensez qu'en trois ans il n'a été en retard qu'une fois, mardi dernier. Il est vrai que le retour de sa femme l'oblige à des courses impromptues... surtout qu'elle a, paraît-il, un caractère assez difficile.

— Pauvre Mr. Healey...

Mr. Hobson se pencha vers Morgan pour lui souffler :

— Elle est jalouse...

— Vraiment ?

— Confidentiellement, je vous préciserai qu'elle m'a écrit pour me prier de lui dire si j'avais le sentiment que son mari, en son absence, avait contracté... une... attache illégale... Mais je suis persuadé qu'il n'en est rien et je lui ai répondu dans ce sens.

George-Herbert remercia vivement Mr. Jacobus Hobson de ses renseignements et après lui avoir fait promettre à nouveau de ne toucher mot de sa visite à Healey, il prit congé du vieux quaker, détendu, heureux de vivre et convaincu qu'il avait enfin résolu le problème des trois meurtres de Soho.

Avec le gérant du 177 Hopkins street, Morgan prit beaucoup moins de précautions. Ne tenant pas à s'aventurer dans le corridor crasseux et sachant par Bredford le nom du bonhomme, Fatty avança sa masse de deux ou trois pas dans l'entrée et hurla :

— Mr. Halscraft ?

Si l'on n'avait été encore dans l'après-midi et la plupart des locataires éparpillés dans Londres, nul doute que le hurlement de George-Herbert eût déclenché la panique. Peter Halscraft, qui sommeillait dans l'espoir d'oublier ses brûlures d'estomac dues à l'ingestion obstinée de gin de mauvaise qualité, fit un véritable saut sur sa couche et, furieux, glissant les pieds dans ses savates, boutonnant hâtivement sa veste, il bondit sur le palier.

Se penchant sur la rampe, à son tour, il vociféra :
— Qu'est-ce que vous voulez ?
— Descendez et vous le saurez !
Halscraft, sidéré par l'audace de cet étranger, mit un moment à récupérer et, quand il y fut parvenu, mugit :
— Vous ne pouvez pas monter des fois ?
— Non.
— Et pourquoi ?
— Parce que votre maison est trop sale !
Une sorte de vertige affola la cervelle embrumée de Peter Halscraft. Jamais encore on n'avait osé lui parler sur ce ton, sauf la police, et du coup, il se demanda si cet insolent... Soupçonneux, il s'enquit :
— Qui êtes-vous donc ?
La réponse vint le frapper comme une balle et il sentit son estomac se recroqueviller.
— Inspecteur-chef Morgan, de Scotland Yard !
Peter avala une longue gorgée d'air et, d'une voix respectueuse :
— Je... je descends, monsieur l'inspecteur-chef.
Quand il se trouva en face de Fatty Morgan, Halscraft ne songea pas du tout à rire et ce fut, au contraire, avec une totale déférence qu'il interrogea :
— Qu'est-ce que je peux faire pour vous, monsieur l'inspecteur-chef ?
George-Herbert sortit de sa poche une photographie que, l'été précédent, un artiste ambulant avait pris des habitués de *La Pomme de Pin* rassemblés devant le café.
— Regardez ça, Halscraft, et voyez si vous y reconnaissez quelqu'un.
Le gérant s'empara de la photo et, suivi du policier, revint sur le seuil de la maison. Là, il se pencha attentivement sur le groupe qu'on lui présentait et, tout de suite, en désigna un.
— Celui-là, monsieur l'inspecteur-chef.
— Je sais... Pas d'autres ?

Plein de bonne volonté, Halscraft étudia encore cette rangée de visages.

— Ah ! celui-là... et celui-là, aussi !

Morgan regarda ceux qu'on lui désignait. C'était bien ce qu'il avait deviné, mais il attendait que le bonhomme en désignât un autre, et comme il ne semblait pas s'y décider, il lui montra un des participants à cette réunion amicale.

— Et lui... vous ne l'avez jamais vu ?

Peter se tortura la cervelle, mais non, franchement, il ne pouvait pas dire qu'il l'avait vu parce qu'il ne l'avait jamais vu. Il aurait souhaité faire plaisir à l'inspecteur-chef du Yard, mais il ne pouvait pas mentir, n'est-ce pas ?

Au Yard, Bredford attendait son chef. Il avait abouti dans ses recherches et rapportait à George-Herbert l'état des diverses opérations financières qu'il lui avait demandé de vérifier. Lorsque Fatty y eut jeté un coup d'œil, il soupira :

— C'est fini, Clarence, nous avons le nom du meurtrier et le motif de ses crimes, mais s'il est malin — et il l'est sûrement —, il niera et nous serons dans l'impossibilité de faire la preuve de sa culpabilité.

— Alors ? Il va nous échapper ?

— On va jouer le tout pour le tout, Bredford, et bluffer. Comme notre homme n'est pas un professionnel du crime, peut-être ses nerfs céderont-ils ? En tout cas, c'est notre seule chance.

CHAPITRE X

Mrs. Moriss avait tenu à ce que son mari retournât à *La Pomme de Pin* pour que tout reprît comme avant, ainsi qu'elle l'avait promis à Mr. Morgan. Redoutant les commentaires que pouvait susciter sa réapparition, Stephen hésitait. Alors, faisant fi de ses principes, Gladys l'accompagna.

Lorsque les Moriss étaient entrés, Larson entonna à pleine voix *It's a jolly good fellow*, bientôt soutenu par Healey et Longhins, auxquels les clients du moment ne tardèrent pas à se joindre, sans savoir de quoi il s'agissait, mais uniquement pour le plaisir de chanter en chœur. On fit asseoir le couple à la table réservée aux familiers de la maison, Larson offrit la tournée de retrouvailles et chacun s'empressa de mettre le plus à l'aise possible les Moriss qui, émus, pleurèrent à chaudes larmes. Durant toute la soirée, nul ne se permit, bien sûr, la moindre allusion à Phyllis Balebrook ; on se contenta de plaindre Mr. Moriss pour ce qu'il avait dû endurer en se sachant poursuivi pour un crime qu'il n'avait pas commis.

Une fois qu'on eut exprimé sur tous les tons

les sentiments qu'on éprouvait à l'égard de la victime de Scotland Yard, Mrs. Longhins prit Mrs. Moriss sous sa protection et les quatre amis entamèrent une sérieuse partie de bridge. Pendant qu'on distribuait les cartes, le cafetier déclara :

— En somme, il ne manque que Mr. Morgan.

Larson répliqua :

— Ce serait bien surprenant qu'il ne vînt pas faire un tour !

Healey remarqua que la voix du jeune homme tremblait légèrement et il le regarda avec curiosité, avant d'ajouter son mot :

— Cette soirée où nous nous retrouvons tous, ou presque — mais je crois comme Mr. Larson que notre ami de Scotland Yard ne nous fera pas faux bond — est en même temps un prologue à notre séparation. Mr. Larson va se marier et je ne pense pas que son épouse lui permette de la quitter après dîner. En ce qui me concerne, vous savez que ma femme rentre sous peu et elle n'est pas d'humeur à admettre la moindre indépendance dans le comportement de celui qui a eu l'imprudence de la conduire devant le pasteur.

Mrs. Longhins sentait l'émotion la gagner.

— Sans vous, monsieur Healey, et sans vous, monsieur Larson, *La Pomme de Pin* ne sera plus ce qu'elle était et Mr. Longhins va drôlement s'ennuyer sans ses amis.

Pour dissiper la mélancolie générale, le cafetier intervint avec jovialité.

— Bah ! il restera toujours Mr. Moriss et Mr. Morgan, et nous ferons de nouveaux adeptes pour remplacer les déserteurs ! Et si nos derniers fidèles nous lâchent aussi, savez-vous ce que nous ferons, Dolly ? Nous nous retirerons dans votre pays et nous finirons nos jours, comme vous l'avez toujours souhaité, dans votre Dorset natal ; vous me ferez enfin apprécier les incomparables beautés dont vous me rebattez les oreilles depuis un quart de siècle !

Cette première soirée, qui voyait la rentrée de

Stephen Moriss à *La Pomme de Pin,* se passa, somme toute, assez joyeusement, mais, contrairement à l'attente générale, Morgan ne se montra pas. A l'heure de la fermeture, Longhins mit gentiment, mais fermement, ses clients à la porte, sauf les amis qu'il recevait, dès lors, à titre particulier. Les volets en place, la plupart des lampes éteintes, on se sentit davantage chez soi et Mr. Longhins alla chercher une bouteille de porto pour fêter le retour de Stephen. Ils venaient de trinquer lorsque, au dehors, on frappa. Le cafetier poussa un grognement de mauvaise humeur et se leva, prêt à envoyer promener l'importun qui, sous prétexte qu'il avait dû voir un rai de lumière filtrer sous la porte, s'imaginait qu'on allait lui servir un dernier whisky.

— Qu'est-ce que c'est ?

— Ouvrez-moi, Longhins... Ici, Morgan.

Longhins se hâta d'ouvrir et l'inspecteur-chef entra, suivi d'un grand jeune homme qu'il présenta :

— Sergent détective Clarence Bredford, mon adjoint.

— Il ne manquait plus que vous, monsieur Morgan. Voyez, nous avons Mr. et Mrs. Moriss !

Clarence était venu en client anonyme une fois ou deux à *La Pomme de Pin,* et il comprenait que Fatty aimât cette atmosphère très vieille Angleterre, mais il ne devinait pas comment le crime avait pu se glisser dans un climat aussi paisible, parmi ces dames mûres et ces hommes qui, à part Larson, paraissaient être des gens posés, réfléchis et tout à fait à l'abri des passions. Bredford savait que George-Herbert avait placé des policiers tout autour du pâté de maison et que le dernier acte allait se jouer d'ici quelques instants. Quel pouvait être, parmi ceux-là, l'homme qui devrait dire adieu à la vie au moment où on l'entraînerait, menottes aux poignets, vers la prison, antichambre du gibet ?

Au moment où Clarence s'asseyait devant le verre

de porto que Mrs. Longhins lui servait, il entendit Morgan qui disait :

— La semaine prochaine, à cette heure-ci, je serai bien loin de Londres... Je me reposerai en Dordogne.

Healey voulut plaisanter :

— Vous prenez vos vacances de bonne heure, cette année, monsieur Morgan.

— Oh ! c'est une permission supplémentaire. Une récompense en quelque sorte.

— Vraiment ? Et peut-on, si votre modestie ne doit pas trop en souffrir, vous demander ce que vous avez fait pour mériter pareille générosité de vos chefs ?

Fatty joua admirablement l'étonnement.

— Ce que j'ai fait, monsieur Healey ? Mais tout simplement élucidé le mystère du triple meurtre de Phyllis Balebrook, Dora Carpenter et Cromwell.

Clarence sentit que l'atmosphère changeait, que les gens se crispaient en même temps que, sans en avoir l'air, ils s'épiaient sournoisement. De tous, Larson paraissait le plus nerveux.

— Vous avez élucidé ?... Mais, comment se fait-il que les journaux n'en aient pas parlé ?

— Parce qu'il reste une formalité à accomplir.

— Laquelle ?

— Arrêter l'assassin.

Discrètement, Bredford ouvrit sa veste pour n'être pas gêné s'il lui fallait bondir. Après un court silence, George-Herbert enchaînait :

— ... Ce n'est d'ailleurs plus qu'une question de minutes.

C'est vrai qu'il s'y entendait, Fatty, à créer une tension où les nerfs du plus solide pouvaient craquer. Clarence, une fois encore, admirait la maîtrise de son chef qui menait le jeu à sa guise, donnant l'impression d'une assurance parfaite. Longhins regarda Morgan, regarda sa femme, puis les différents membres de l'assistance comme pour trouver confirmation de ce qu'il avait entendu, avant de se risquer à dire :

— Monsieur Morgan... je vous connais trop... si vous étiez sur le point d'arrêter un assassin, vous ne resteriez pas sur votre chaise en buvant du porto !

— Et pourquoi pas, monsieur Longhins, puisque l'assassin est ici ?

Le silence, cette fois, ne dura que quelques secondes, le temps que le patron ait eu la possibilité de bien comprendre l'énormité de ce qui venait d'être proféré. Rouge comme la crête d'un coq, s'étranglant de fureur, Longhins parvint à articuler :

— Monsieur Morgan ! Vous... vous recommencez ! Je vous croyais mon ami... il y a des... des plaisanteries que vous n'avez pas le droit de faire ! Vous portez préjudice à ma maison !

Les Moriss, éberlués, ne pipaient mot. Larson serrait durement les mâchoires et Healey pianotait nerveusement sur la table. Fatty souriait et sa voix, exaspérante de calme, donnait envie de hurler.

— Je ne plaisante pas, monsieur Longhins. L'assassin est ici.

La mâchoire inférieure du cafetier tomba littéralement sur sa poitrine, tant la stupeur le faisait béer. Avalant sa salive, il ne put que bégayer :

— Chez... chez moi ? A... à *La Po... Pomme de Pin* ?

Larson, effondré, n'osait plus respirer. Healey toussa et, imitant le policier, interrogea aimablement :

— Et pourquoi pas assis à cette table, monsieur Morgan ?

Toujours cette voix si paisible de George-Herbert qui vous sciait les nerfs :

— Mais, il est assis à cette table, monsieur Healey.

Bredford appréciait en expert le terrible jeu qui était mené et il en avait la gorge sèche. Malgré lui, ses mains tremblaient. Il ramena un pied sous sa chaise pour ne pas perdre de temps s'il lui fallait sauter sur un des assistants. De la rue ne venait aucun bruit. Dans la salle où chacun semblait figé comme les statues de cire de Mrs. Tussaud, on entendait le sifflement sourd des respirations et Clarence se disait que s'il pouvait se concentrer assez pour écouter le rythme de ces souffles inquiets, il dénoncerait le coupable. Sans nul doute, c'était Healey qui tenait le mieux le coup.

— Donc, monsieur Morgan, si je vous comprends bien, et puisque Mr. Moriss a été reconnu innocent, l'assassin de Phyllis Balebrook, de Dora Carpenter et de Cromwell, c'est Longhins, Larson ou moi ?

— A peu près, monsieur Healey, car Mr. Longhins me semble hors de cause, puisque au moment où l'on égorgeait Phyllis Balebrook, il était dans sa cave, en train de mettre son porto en bouteille. A propos, monsieur Longhins, vous avez eu la main heureuse, il est de tout premier ordre, votre porto.

Larson se leva. Sur son visage blanc comme de la craie, on voyait des rigoles de sueur :

— Je... je vous demande pardon... mais j'ai... j'ai envie de vomir... Est-ce que je peux sortir ?

Alors Fatty Morgan se transforma. Il n'était plus question de douceur, ni de politesse. On aurait dit que cette masse de graisse se muait subitement en un bloc de muscles durs et, la voix, suivant le changement du corps, se fit cassante et sèche :

— Je regrette, monsieur Larson. Vous ne pourrez sortir de cette salle que lorsque vous aurez avoué être l'auteur du meurtre commis sur la personne de Phyllis Balebrook !

Avec un gémissement, Larson retomba sur sa chaise tandis que George-Herbert enchaînait :

— ... Vous... ou Mr. Healey !

L'émotion de ce dernier ne se voyait qu'aux mouvements convulsifs de ses doigts, pourtant il faisait tous ses efforts pour ne pas perdre pied.

— Puis-je vous demander, monsieur Morgan, avant que vous ne passiez la corde au cou de Mr. Larson ou du mien, pour quelles raisons vous avez fixé votre choix sur l'un de nous deux comme victime expiatoire ?

— Parce que vous m'avez menti tous deux quant à votre emploi du temps, le soir du crime.

Pour la première fois de la soirée, Healey trahit son désarroi et son ton manquait de conviction quand il répliqua :

— Je crois que vous nous insultez, monsieur Morgan !

— Allons, monsieur Healey, cessons de jouer ! Pour l'un de vous, la partie est perdue et il paiera. Monsieur Healey, à plusieurs reprises vous nous avez dit que vous ne connaissiez pas miss Balebrook, et vous mentiez, car vous étiez son amant !

Healey ne réagit pas. Mrs. Moriss et Mrs. Longhins eurent honte pour lui et évitèrent de le regarder. Impitoyable, Fatty continuait :

— Vore femme revenant du sanatorium, je présume que vous avez voulu rompre et qu'alors, Phyllis Balebrook vous a fait chanter. D'après vos dernières opérations bancaires, je pense que les cent livres trouvées dans le sac de la morte, c'est vous qui les lui aviez données ? Et ce jour-là, monsieur Healey, pour la première fois depuis trois ans, vous avez été en retard chez Mr. Hobson. Où êtes-vous allé, monsieur Healey ?

Healey n'avait plus rien du gentleman sarcastique qu'il s'efforçait d'être depuis l'arrivée de Morgan. Il ne fut plus qu'un vaincu aux épaules tombantes. On eût dit que quelque chose s'était cassé en lui, quelque chose de solide, de tendu. Il parla sans relever la tête :

— C'était une petite garce. Je me suis trouvé seul après le départ d'Amélia. J'ai vu Phyllis ici. Nous nous sommes rencontrés dans Soho. Je lui ai offert un verre. J'ignorais qu'elle faisait métier de consoler les messieurs qui s'ennuyaient ou qui s'imaginaient ne pas être aussi vieux qu'ils l'étaient... Lorsque ma femme m'a écrit qu'elle rentrait, j'ai en effet, voulu rompre avec Phyllis, mais elle m'a dit que si je ne lui donnais pas cent livres, elle irait trouver Amélia pour lui révéler ce qu'elle avait été pour moi pendant son absence. Alors, j'ai payé et, pour mon malheur, je suis allé porter cet argent quelques instants avant qu'elle ne se fasse assassiner. Je ne voulais pas que cela se sache à cause d'Amélia. C'est pourquoi je ne vous ai pas dit la vérité, monsieur Morgan, mais je ne l'ai pas tuée. Pensez-vous que j'aurais été assez bête pour lui laisser mes cent livres si j'étais coupable ?

— A moins que ce ne soit la ruse d'un homme intelligent, monsieur Healey.

— Je n'ai pas les moyens de gaspiller cent livres.

— Si... pour préserver votre foyer.

Healey hocha la tête.

— Comme vous voudrez...

Cette dernière réplique où l'on pouvait deviner un aveu, tomba comme une pierre dans une eau tranquille. Elle fit des grands ronds dans le silence où chacun se cantonnait. George-Herbert laissa passer un moment avant de reprendre la parole.

— Je regrette presque de n'avoir pas connu cette Phyllis, qui devait avoir tous les charmes d'une sirène, si j'en juge par les ravages qu'elle a exercés parmi vous, messieurs. Sans doute, en venant à *La Pomme de Pin* s'était-elle dit qu'elle trouverait en vous des protecteurs paisibles et généreux. Comme, d'autre part, elle me paraît avoir eu un sens très relatif de l'honnêteté, son plan était bien établi. Seulement, elle n'avait pas prévu que l'un de vous se fâcherait. N'est-ce pas, monsieur Larson ?

Avec le fiancé de Margaret Littlewist, il n'y eut pas de combat. Il céda tout de suite. Pleurant, hoquetant, il avoua :

— J'étais sorti avec Phyllis. Elle me plaisait... et comme ma fiancée n'était pas souvent libre... et puis, ce n'était pas la même chose... Quand j'ai appris que j'allais enfin pouvoir épouser Margaret, j'ai voulu rompre, moi aussi. Elle m'a demandé de l'argent que je n'avais pas... Elle me harcelait. Deux fois, je l'ai empêchée de se rendre au *Triumph* pour voir Margaret... Mardi dernier, je suis allé chez elle. J'étais résolu à l'empêcher de parler par n'importe quel moyen, et je crois bien, oui, je crois bien que je l'aurais tuée... Mais, a-t-elle deviné mon intention, toujours est-il qu'elle m'a déclaré que je pouvais filer, qu'elle n'avait plus besoin de mon argent, qu'elle avait une autre source de revenus en vue et qu'elle me souhaitait tout le bonheur possible avec ma Margaret... Je ne suis pas un assassin, monsieur Morgan, mais je reconnais que j'ai failli en devenir un...

Il y eut encore un long silence, au bout duquel l'inspecteur-chef entreprit de résumer la situation.

— Curieuse, cette série de coïncidences qui vous fait tous venir à peu près à la même heure chez Phyllis Balebrook, non ? A moins que cela n'ait été voulu par le meurtrier et que ce soit lui qui, par l'intermédiaire de sa future et naïve victime, vous ait fixé rendez-vous aux uns et aux autres ?... Quoi qu'il en soit, si je vous ai bien compris, le premier qui est arrivé chez miss Balebrook, c'est vous, monsieur Larson, puisqu'elle vous parla d'une source de revenus à venir... votre argent, monsieur Healey, et c'est vous qui fûtes le second. Mr. Moriss est survenu après puisqu'il a trouvé la jeune femme morte. A moins que Mr. Larson n'ait menti, je crois que tout vous désigne comme étant le meurtrier, monsieur Healey. Mais, Mr. Larson ment-il ?

Fatty se leva, imité par Bredford.

— Monsieur Larson, monsieur Healey... l'un de vous deux a assassiné trois personnes, et nul ne pourra le sauver de la potence, sauf la clémence du juge. Alors, puisque rien ne saurait modifier désormais son destin, je lui demande d'avoir le courage de se conduire comme un homme et de ne pas laisser le soupçon peser sur l'innocent. Je vais attendre un quart d'heure... Si dans un quart d'heure, le coupable ne s'est pas dénoncé, j'aurai le regret de vous emmener tous deux au Yard. Je pense que, là-bas, nos spécialistes sauront faire avouer le meurtrier... Mais il ne sera plus en mon pouvoir d'éviter que votre femme, monsieur Healey, votre fiancée, monsieur Larson, ne soient mises au courant. Ainsi, à ses trois meurtres, l'assassin ajoutera le crime d'avoir brisé un foyer tranquille ou la perspective d'un foyer heureux.

Bredford avait beau savoir que son chef jouait scrupuleusement une comédie parfaitement au point, il ne pouvait s'empêcher d'être remué par cette espèce d'adjuration pathétique que le décor et l'heure contribuaient à rendre vraie. Morgan s'écarta de la table où les autres demeuraient tassés sur leur chaise et gagna la porte devant laquelle il regarda son reflet dans la vitre, tournant le dos à l'assistance. Clarence, suivant les instructions reçues, s'appuya au comptoir pour ne pas perdre un geste de Healey et de Larson qui commençaient à se dévisager haineusement. Au bout d'un moment, Longhins, ayant vidé son verre, alla rejoindre l'inspecteur-chef.

— Monsieur Morgan, je suis atterré. Mr. Healey, avec qui nous avons si longtemps joué aux cartes... est-ce croyable ?

Pesamment, Morgan se retourna.

— Parce que vous, monsieur Longhins, vous pensez que c'est Healey ?

— C'est-à-dire que... que je préférerais, car Mr. Larson est si jeune... et il m'a présenté sa fiancée. Quel coup pour elle, si...

— Ni vous, ni moi, monsieur Longhins, n'y pouvons plus rien. Il faut attendre que le criminel se décide...

Et, se retournant vers la porte que le volet obstruait, Morgan, sans doute pour calmer son énervement, se mit à siffloter *Weel May the Keel Row*. Clarence se raidit. C'était maintenant, dans les deux secondes qui suivaient que tout allait être gagné ou perdu. Il se ramassa sur lui-même. Là-bas, Fatty qui lui montrait son dos énorme ; entre l'inspecteur-chef et lui, Longhins qui revenait, pensif, et, de l'autre côté, le bloc des autres. Brusquement, George-Herbert s'arrêta de siffler et Bredford faillit crier d'énervement. L'assassin allait-il reprendre machinalement l'air interrompu ? Un fraction de temps passa où se jouait la vie d'un homme et ils n'étaient que deux à le savoir... et... la chanson des bords de la Tyne monta de nouveau dans le café silencieux, mais ce n'était plus Morgan qui sifflait. L'inspecteur-chef pivota lentement sur lui-même tandis que Clarence se dressait devant Longhins, comme pour lui barrer le passage. Longhins qui, les mains dans les poches, les yeux fixés au sol, sifflait *Weel May the Keel Row.* En voyant Bredford en face de lui, il s'arrêta, regarda vivement vers Morgan et, lorsqu'il se rendit compte de quelle façon le policier le contemplait, il comprit qu'il était perdu. Il eut une sorte de râle :

— Salauds ! Vous m'avez possédé...

D'un élan il se jeta sur Bredford qui s'en alla rebondir contre la table, qu'il entraîna dans sa chute, et, sortant un couteau de sa poche, Longhins hurla :

— Le premier qui approche, je le crève !

George-Herbert, qui s'était immobilisé, demanda doucement :

— Comme vous avez tué Phyllis, Dora et Cromwell ?

— Un de plus ou de moins, qu'est-ce que vous voulez que ça me fasse, maintenant ?

Mrs. Longhins s'écroula sur le plancher, évanouie. Pas à pas, le propriétaire de *La Pomme de Pin* reculait vers la porte de sa cave. A Clarence, qui faisait mine de s'élancer, Morgan cria :

— Restez tranquille, Bredford !

Ouvrant la porte de la rue, l'inspecteur-chef porta un sifflet à ses lèvres et en lança plusieurs coups stridents. Longhins avait disparu. Healey, Larson, Moriss avaient l'air de gens qu'on aurait réveillé en plein sommeil et qui ne parviendraient pas à reprendre pied dans la réalité. Mrs. Moriss, agenouillée sur le sol, essayait de faire reprendre ses sens à Mrs. Longhins, qui s'était quelque peu ouvert le front dans sa chute. Personne ne disait mot. On attendait la fin, parce qu'il n'était pas possible que ce cauchemar se terminât de cette façon. Soudain, de l'extérieur, parvint l'écho d'une rumeur où passaient des ordres brefs, un ronflement de moteur, puis la porte s'ouvrit devant un énorme policeman qui, saluant Morgan, déclara :

— Ça y est, monsieur, nous le tenons.

— Pas de casse ?

— Fraghey a été obligé de le sonner un peu pour lui faire lâcher son couteau.

— Qu'on enverra tout de suite au laboratoire, hein ? Bon, eh bien ! c'est parfait, Jameson, emmenez-le au Yard ! Je vous y retrouve d'ici quelques instants. Madame Moriss, je crois qu'il serait charitable, avec l'aide de votre mari, d'emmener Mrs. Longhins dans sa chambre. Elle sera assez tôt au courant...

Les Moriss obéirent, mais, avant de sortir, Stephen demanda :

— Monsieur Morgan, pouvez-vous nous dire pourquoi Longhins s'est conduit de cette manière ?

— Par avarice d'abord, par peur ensuite. Il a tué Phyllis Balebrook pour six cents livres. Il a tué Dora Carpenter parce qu'elle l'avait entendu siffloter *Weel May the Keel Row,* et il a tué Cromwell parce qu'il savait que Dora avait mis le clochard au courant de sa découverte touchant la vieille chanson du Northumberland.

Les Moriss disparus en compagnie de Mrs. Longhins, Fatty s'adressa à Healey et à Larson :

— Messieurs, je vous dois des excuses pour ma conduite à votre égard, mais il le fallait. Je savais que Longhins était le coupable, mais je ne possédais aucune preuve pouvant convaincre un jury. Il importait qu'il se trahît lui-même, que, sous l'empire de la surprise, il fît un aveu public, c'est pourquoi il m'a été nécessaire de le mettre en confiance en le déclarant d'abord en dehors de tout soupçon et, surtout, en refusant de croire à vos explications, en vous accusant de meurtre. Longhins devait penser que la réputation des gens du Yard est bien surfaite. Inutile de vous dire que vos relations avec la victime ne regardent pas la justice. Je pense même, monsieur Healey, que vos cent livres pourront vous être rendues, car miss Balebrook n'a pas laissé d'héritier et, d'autre part, cette somme qui vous a été extorquée ne lui appartient pas légalement. Je ferai mon rapport en ce sens.

— Merci, monsieur Morgan.

Larson, qui se sentait revivre depuis qu'il avait la certitude que Margaret ne saurait rien de ses frasques, demanda :

— Mais, monsieur, comment Longhins a-t-il pu commettre son crime puisqu'il était dans sa cave, en train de mettre du porto en bouteilles ? Faut-il admettre que sa femme était complice ?

— Je ne crois pas, ou alors plus tard. Longhins est sorti par le vaste soupirail dont les livreurs se servent pour faire passer les tonneaux. Sans doute avait-il pris soin de descendre ses affaires avant. Sa chance a été qu'on n'ait pas eu besoin de lui dans la salle, mais à cette heure-là, il y a très peu de clients et Mrs. Longhins est trop soumise pour enfeindre les ordres de son mari, qui avait dû lui commander de ne le déranger sous aucun prétexte. Ainsi, le tueur a eu le temps d'aller égorger Phyllis Balebrook et de revenir sans que personne se soit douté de son absence. Sans miss Carpenter, c'était peut-être bien le crime parfait...

Healey vint serrer la main de l'inspecteur-chef.

— Vous nous avez fait passer un sale moment, monsieur Morgan. Maintenant, je sais ce que peuvent être les affres d'un innocent qu'on risque de conduire à la potence. Jusqu'à tout à l'heure, j'étais partisan de la peine de mort, mais je suis beaucoup moins sûr de mes convictions, à présent. Au nom de ce que nous avons enduré, Mr. Larson et moi, puis-je vous prier de nous résumer l'affaire ?

— En vérité, elle est très simple et aurait pu être résolue beaucoup plus tôt si cette pauvre miss Carpenter ne nous avait, sans le vouloir, aiguillés sur une fausse piste en nous disant qu'elle avait eté élevée dans le Devon et si j'avais eu l'idée de vérifier plus tôt vos opérations financières. Il est vrai que, comme tout le monde, j'ai cru à la culpabilité de Mr. Moriss qui, selon la tradition la plus classique, avait pu avoir été berné ou, plus simplement, congédié par sa jeune maîtresse. Mes convictions chancelèrent lorsque Dora Carpenter me confia qu'elle avait croisé un inconnu, gagnant le palier où habitait son amie, et qui sifflotait un air avec lequel on la berçait dans le Devon. Or, Mr. Moriss est Gallois, mais enfin, il pouvait particulièrement aimer une chanson du Devon. Cependant, son innocence éclata lorsque miss Carpenter fut assassinée alors que Moriss était entre nos mains et que le meurtrier l'ignorait. J'avoue qu'à ce moment-là, je désespérais un peu de connaître un jour la vérité, quand Cromwell, à *La Pomme de Pin,* m'annonça, en votre présence, que miss Carpenter s'était souvenue du titre de la chanson qu'elle cherchait et qu'elle souhaitait me rencontrer. Imprudemment, je vous avais mis au courant de ce détail. La mort du clochard me donnait la certitude que l'assassin se trouvait en même temps que moi à *La Pomme de Pin,* pour entendre la communication de Dora par l'intermédiaire de Cromwell. Or, ce dont vous ne vous êtes pas souvenu, les uns et les autres, c'est qu'à cet instant-là, il n'y avait personne d'autre dans la salle que le clochard et nous quatre. Donc, le tueur était un de vous trois, mais lequel ? Si j'avais su le titre de la chanson, j'aurais tout de suite coincé Longhins, car je n'ignorais pas qu'il avait vu le jour dans le Northumberland, là où se chante : *Weel May the Keel Row,* et je ne pouvais me douter que la nourrice de Dora était exilée dans le Devon. Lorsque Bredford revint de Lapford, la culpabilité de Longhins ne faisait, pour moi, plus de doute. Mais pourquoi cet homme, que nous connaissions depuis longtemps comme respectueux des lois, s'était soudain changé en meurtrier ?

« Je confesse que j'ai commis pas mal d'erreurs dans cette histoire, et j'ai surtout péché par oubli. J'ai été long à me rappeler ce que m'avait dit miss Carpenter au sujet d'un billet du Sweepstake de Liverpool qu'un inconnu avait donné à miss Balebrook... Pourquoi n'avait-on pas retrouvé ce billet dans la chambre de la victime, alors qu'on récupérait les cent livres de Mr. Healey ? D'ici à penser que le billet avait gagné et que l'assassin s'en était emparé... Ainsi, j'étais amené à croire que le donateur du billet était peut-être bien aussi le meurtrier qui avait voulu reprendre son cadeau, devenu trop important. Or, Longhins a justement fait toucher par sa banque un billet du Sweepstake gagnant de six cents livres.

Larson intervint.

— Mais, pendant qu'il y était, pourquoi n'a-t-il pas pris l'argent ?

— Il faut essayer de comprendre la mentalité de Longhins, monsieur Larson. Il n'est pas un voleur. Il venait reprendre ce qu'il estimait lui appartenir. Il n'admettait pas d'avoir pu donner six cents livres à Phyllis Balebrook, fût-ce pour passer un moment avec elle. Cela dépassait son entendement. Le billet n'aurait gagné que quelques livres qu'il n'aurait vraisemblablement rien dit, mais six cents ! J'imagine que la petite n'a rien voulu savoir pour rendre cette fortune et Longhins, perdant la tête, a frappé... ou peut-être a-t-elle refusé de partager comme cela avait pu être convenu ? Nous ne le saurons jamais, à moins que le coupable ne nous le dise lui-même. Les meurtres de miss Carpenter et de Cromwell ne sont que des meurtres accessoires, des meurtres de défense. Comme quoi, messieurs, même quand on a beaucoup de métier dans la police, il faut énormément de chance pour réussir. Sans Dora Carpenter, sans la vieille nourrice, Longhins n'aurait jamais été soupçonné.

Healey se tourna vers Larson.

— Peut-être, monsieur Larson, pourrions-nous faire quelque chose pour la tombe de miss Carpenter, à qui nous devons beaucoup ?

— Avec joie, monsieur Healey. Monsieur Morgan, comment expliquez-vous que nous nous soyons tous rencontrés, ou presque, ce soir-là, chez miss Balebrook ?

— Là encore, j'en suis réduit aux suppositions. Peut-être a-t-elle voulu tous vous liquider d'un coup, pendant que se courait l'épreuve où elle était persuadée de gagner une fortune, ou alors, résolue à se contenter du seul Longhins, dont la profession lui semblait à elle, fille simple, d'un rapport plus assuré que les vôtres, elle a malignement décidé de vous donner votre congé à tous au même moment. Vraisemblablement, le futur meurtrier ne devait-il venir qu'après le départ de Morris, mais ayant appris le résultat du steeple-chase de Liverpool, il n'a pas eu la patience d'attendre et s'est glissé dans ce ballet de mort que tous, vous dansiez sans vous en douter le moins du monde. Voilà, messieurs... Le rideau est tombé. Nous n'avons plus qu'à nous retirer. Je vous souhaite bonne chance, monsieur Healey, et à vous aussi, monsieur Larson. Vous venez Clarence ?

Comme les deux policiers sortaient, Fatty Morgan se retourna et, du seuil, contempla une fois encore la vieille salle où il avait passé tant de soirées. Il poussa un soupir.

— Dommage... J'aimais bien cette maison... et Longhins s'intéressait à la cuisine française !

George-Herbert Morgan ne regagna sa maison de Russel Square qu'à l'aube, après l'interrogatoire de John Longhins, qui avait reconnu formellement avoir assassiné Phyllis Balebrook, refusant de lui rendre le billet gagnant six cents livres et qu'il lui avait donné à la légère ; Dora Carpenter et Cromwell parce qu'ils étaient susceptibles de mener l'inspecteur-chef jusqu'à lui. Avant de gagner sa cellule, le patron de *La Pomme de Pin* supplia Fatty d'aller dire à sa femme qu'il lui demandait pardon et l'assurer qu'il ne l'avait jamais trompée.

En rentrant chez lui, le policier du C.I.D. était harassé, mais en pensant qu'il s'envolerait bientôt pour la France, il se sentit ragaillardi et s'aperçut qu'il avait faim. A son grand dépit, il ne trouva qu'un morceau de vrai Ementhal dans son garde-manger. Usant de mille précautions pour ne pas réveiller ses voisins, George-Herbert descendit à sa cave, hésita longuement devant les rangées parfaites des bouteilles. Il se décida pour un flacon de muscadet.

Assis devant la fenêtre, regardant monter le jour sur Londres, tout en mangeant son fromage et buvant à petites lampées gourmandes son muscadet, Fatty Morgan, en une silencieuse action de grâces, élevait avec reconnaissance sa pensée vers le Seigneur qui avait eu la bonté de lui faire un cœur anglais et un estomac français.

FIN

IMPRIMÉ EN FRANCE PAR BRODARD ET TAUPIN
7, bd Romain-Rolland - Montrouge - Usine de La Flèche.
ISBN : 2 - 7024 - 0086 - 8